조선후기 통신사 필담창화집 번역총서 1

朝鮮筆談集
朝鮮三官使酬和

조선필담집 · 조선삼관사수화

조선후기 통신사 필담창화집 번역총서 1

朝鮮筆談集
朝鮮三官使酬和

조선필담집 · 조선삼관사수화

구지현 역주

보고사

이 역서는 2008년도 정부재원(교육과학기술부 학술연구조성사업비)으로 한국연구재단의
지원을 받아 연구되었음(KRF-2008-322-A00073)

이 번역총서는 2012년도 연세대학교 정책연구비(2012-1-0332) 지원을 받아 편집되었음.

차례

일러두기

1. 통신사 필담창화집 번역총서는 제1차 사행(1607)부터 제12차 사행(1811) 까지, 시대순으로 편집하였다.

2. 각권은 번역문, 원문, 영인자료의 순서로 편집하였다.

3. 300페이지 내외의 분량을 한 권으로 편집하였으며, 분량이 적은 필담 창화집은 두 권을 합해서 편집하고, 방대한 분량의 필담창화집은 권을 나누어 편집하였다.

4. 번역문에서 일본 인명과 지명은 한국 한자음 그대로 표기하고, 처음 나오는 부분의 각주에 일본어 발음을 표기하였다. 그러나 번역자의 견 해에 따라 본문에서 일본어 발음대로 표기를 한 경우도 있다.

5. 번역문에서 책명은 『 』, 작품명은 「 」으로 표기하였다.

6. 원문은 표점 입력하였는데, 번역자의 의견에 따라 표기하는 것을 원칙 으로 하였지만, 가능하면 한국고전번역원에서 정한 지침을 권장하였 다. 이 경우에는 인명, 지명, 국명 같은 고유명사에 밑줄을 그어 독자 들이 읽기 쉽게 하였다.

7. 각권은 1차 번역자의 이름으로 출판되었는데, 최종연구성과물에 책임 연구원과 공동연구원의 이름이 반드시 들어가야 한다는 한국연구재단 의 원칙에 따라 최종 교열책임자의 이름으로 출판되는 책도 있다.

8. 제1차 통신사부터 제12차 통신사에 이르기까지 필담 창화의 특성이 달라지므로, 각 시기 필담 창화의 특성을 밝힌 논문을 대표적인 필담 창화집 뒤에 편집하였다.

조선필담집

朝鮮筆談集

시문을 매개로 한 최초의 필담창화집
『조선필담집(朝鮮筆談集)』

　　1636년은 통신사가 에도막부에 처음 파견된 해였다. 이전 세 차례의 사행은 포로를 데려오는 것에 중점을 둔 "회답겸쇄환사(回答兼刷還使)"라는 명칭이 사용되었다. 그러나 에도막부에서는 이 사실을 모르고 조선 사신을 맞이했다. 중개를 담당한 쓰시마가 중간에서 국서를 개조했기 때문이었다. 그리고 1635년 외교중개권을 넘보던 쓰시마의 가신 야나가와(柳川)에 의해 이 위조사건이 폭로가 되었다. 쓰시마 도주인 소 요시나리(宗義成)는 자신의 외교적 능력을 증명해 보여야 했기 때문에, 왜관을 통해 통신사를 보내 달라 동래부에 애걸하였고 조정에까지 전해졌다. 당시는 병자호란이 발발하기 바로 전으로, 후금의 세력이 성장하던 때였다. 남쪽에서 또 분란이 일어난다면 조선은 진퇴양난에 빠지는 지경이었기에, 관계를 꾸준히 지속해온 쓰시마의 편을 들어주지 않을 수 없었다. 그래서 처음으로 "통신사"라는 명칭으로 사신이 파견되었던 것이다. 아울러 말을 타고 기예를 보이는 "마상재(馬上才)"를 공연하기 위해 마상재 군관과 말을 함께 보냈다. 이제 단순히 국서 전달만이 아니라 문화적인 교류가 시작됨을 알리는 것이었다.

이때 이문학관으로 권칙(權伬, 1599~1667)이라는 인물이 파견되었다. 8세 때 숙부 권필(權韠)의 초청으로 집에 왔던 명나라 사신 주지번(朱芝蕃)에게 칭찬을 받았다는 일화와 13세 때 '삼색도(三色桃)' 시를 지어서 이항복(李恒福)의 눈에 띄어 사위가 되었다는 이야기가 시화집에 전한다. 20세 때는 명나라 원군으로 출병하여 심하(深河) 전투에 참여하였다가 탈출하여 천신만고 끝에 돌아왔다. 훗날 이 때의 경험을 기록한 『강로전(姜虜傳)』을 지었는데, 『강로전』을 일본에서의 포로 생활을 적은 강항(姜沆)의 『간양록(看羊錄)』과 대표적인 포로 기록으로 꼽힌다. 이렇게 문재가 출중했던 권칙이 사행에 참여하면서, 양국 문사 교류의 새로운 장이 열렸다.

귀국하던 도중 교토에 묵었을 때 이시카와 조잔[石川丈山, 1583~1672]이라는 인물이 권칙을 찾아왔다. 본래 도쿠가와 이에야스 밑에 있던 무장이었으나, 시문에도 뛰어났다. 당시 어머니 상을 당해 은퇴하여 교토에 돌아와 있었다가, 마침 조선의 통신사행을 맞아 자신의 시문집을 들고 권칙을 방문했던 것이다.

1638년 이시카와 조잔은 이때 오간 기록을 정리하였다. 이시카와 조잔을 "일동(日東)의 이두(李杜)"라고 칭한 권칙의 평가로 인해 조잔의 시명은 일본 전역에 알려지게 되었다. 그의 문집에 권칙과의 필담이 실렸고, 연보에 권칙에게 받은 평가도 기록되었다.

그런데 이 필담이 『조선필담집(朝鮮筆談集)』이라는 제목으로 교토에서 출간되었다. 상업적으로 간행되었다는 것은, 이 책을 읽어보고 싶어 하는 대중이 존재하는 것을 의미한다. 일본 최고의 시인인 이시카와 조잔과 시적 심미안을 갖춘 조선 문사 권칙이 시문이라는 매개를 통해 나눈 필담은, 한시가 양국 문사 사이에 소통의 도구로 등장한 최초의 모습이자, 조선 문사의 평가를 얻어내는 유효한 방식임을 보여주는 모범답안이었던 것이다. 1682년 이래 활발히 이루어졌던 시문창화의 도화선이 된 필담창화집이라 할 수 있다.

『조선필담집』은 1冊 22장의 간본으로, 일본 공문서관에 1종, 동경도립도서관에 2종이 남아있다. 이 3종은 1682년, 1711년에 간행되었다는 간기만 다를 뿐 내용은 완전히 일치한다. 이 책에서는 "正德元辛卯年 林鐘吉辰 田中庄兵衛壽梓"라는 간기가 있는, 1711년 간행된 일본 공문서관 소장본을 사용하였다.

조선필담집

조선국(朝鮮國) 중직대부(中直大夫) 시학교수 국헌(菊軒) 권칙(權伏)¹과의 필담

석천대졸(石川大拙)²이 절을 하며 아룀 : "조선국(朝鮮國) 권국헌(權菊

---

1 권칙(權伏) : 1599~1667. 자는 자경(子敬), 호는 국헌(菊軒), 본관은 안동(安東)이다. 8세 때 숙부인 권필(權韠, 1569-1612)이 명나라 칙사 주지번(朱之蕃)를 초대하였는데, 권칙의 재주를 보고 선조(宣祖)에게 면천시켜 인재로 쓸 것을 청했다는 일화가 전한다. 20세 때 강홍립(姜弘立)의 휘하에서 요동 전투에 참전하였으나 대패하고 강홍립이 투항한 후 탈출하여 돌아왔다. 이 때 경험을 바탕으로 『강로전(姜虜傳)』을 지었다. 이문학관(吏文學官)으로서 36세 때 주청사(奏請使)를 따라 중국에 다녀왔으며, 38세 때 통신사를 따라 일본에 다녀왔다. 43세 정시문과에 급제하여 통훈대부(通訓大夫)에 가자되었고 영평현감을 시작으로 여러 지방수령직을 거쳤다.

2 석천대졸(石川大拙) : 석천장산[石川丈山, 이시카와 조잔, 1583~1672]으로, 본명은 중지(重之), 후에 요(凹)로 개명하였다. 통칭은 가우위문(嘉右衛門), 자는 장산(丈山), 호는 육륙산인(六六山人)·사명산인(四明山人)·요철소(凹凸巢)·시선강(詩仙堂)·대졸(大拙) 외 다수이다. 본래 삼하국(三河國) 천향(泉鄕)의 덕천가(德川家)를 섬기는 무사 집안에서 출생하여, 실력을 인정받아 1598년 덕천가강(德川家康)의 근시(近侍)가 되었다. 오사카 전투에서 적장을 토벌하는 공을 세웠으나 당시 선봉을 다투는 것을 금지하고 있었기 때문에 군율에 의해 논공행상에서 제외되자 무사를 그만두고 교심사(妙心寺)로 들어갔다. 1617년 등원성와(藤原惺窩)의 문하에 들어가 유학을 공부하였다. 문무를 겸비하였다고 이름이 나서 관리로 초빙하는 곳이 많았으나 모두 거절하고 평생 시학(詩學)을 닦았다. 에도시대 초기 대표적인 한시 시인으로 꼽힌다.

軒) 문장(文丈)께. 서쪽 끝에서 동쪽 끝까지 해륙 수만 리를 배와 수레로 오가는 길에 별 일이 없었고, 사신께서 동무(東武 : 에도[江戶])에 도착해 통신(通信)의 예절을 성대히 마쳤으니, 온 나라의 큰 다행이자 큰 경사입니다. 몸을 소중히 하고 또 소중히 하십시오.

대답함. 학사 국헌 경(敬)[3] : "풍상(風霜)과 신고(辛苦)를 겪는 것도 제 직분에 있는 일입니다만 위로를 해주시니 기분이 매우 풀립니다."

다시 아룀. 대졸 : "이번 길에 비록 세 사신을 따라 귀국에 들어가 풍속을 보고 싶습니다만 나라의 법이 마음대로 혼자 가는 것을 허락하지 않아서 생각만 하고 여기에 머물러 있습니다. 명나래[大明]와 귀국은 국경을 접하고 있습니다. 귀국에 도착하여 승려의 무리에 뒤섞여서 가면 서호(西湖)에서 마음껏 노닐다가 남경(南京)을 거쳐 올 수가 있을까요? 당신은 명나라에 가서 노(魯)나라 추(鄒)나라의 유학 풍속과 성인의 유적을 보셨습니까? 그밖에 어떤 나라를 돌아다녔고 어떤 곳에 머물렀는지 들려주실 수 있습니까?"

대답함. 권경(權敬) : "삼가 말씀을 다 들으니 저도 모르게 옷깃을 바로잡고 공경하게 됩니다. 속세를 초월하여서 이렇게 탁월한 위인이 있을 줄 어찌 헤아렸겠습니까? 깊이 경모하는 마음을 표현할 길이 없습니다. 저 역시 일찍부터 장유(壯遊)의 뜻을 가지고 사마자장(司馬

---

3 경(敬) : 권칙을 가리킨다. 이하 권경(權敬)은 모두 권칙을 뜻한다.

子長)이 우혈(禹穴)을 찾고 원상(沅湘)을 떠돌아다니던 풍모를[4] 초연히 따랐습니다. 작년 발해(渤海)를 건너고 중국의 청주(靑州)와 제주(齊州)를 거쳐 연경(燕京)의 저자 거리에서 맘껏 노래하고 추(鄒)나라 노(魯)나라의 고을을 배회하였습니다.[5] 지금 사행를 따라 또 귀국의 산천을 다 보았으니 평생의 뜻과 소원이 이루어졌습니다. 존공과 또 오늘 만나게 되니 장유(壯遊) 가운데 일대 큰 행운입니다. 진실로 감사합니다. 감사합니다."

아룀. 대졸 : "이와 같이 말씀을 쓰시니[6] 멀리 노닐고 싶은 마음을 버릴 수 없습니다. 언젠가 국제(國制)에[7] 걸리지 않게 되면 상선(商船) 편에 의지해 삼한(三韓)에 발자취를 남겨서 백세에 아름다움을 남기고 싶습니다. 그대는 기다려 주시겠지요?"

---

4 장유(壯遊)의……풍모를 : 사마천(司馬遷)이 견문을 넓히려고 20세 때 남쪽으로 강회(江淮)·회계(會稽)·우혈(禹穴)·구의(九疑)·원상(沅湘)을 거쳤고, 북쪽으로는 문사(汶泗)를 건너 제(齊)나라 노(魯)의 땅에서 학문을 익히고 번(蕃), 설(薛), 팽성(彭城)에서 곤액을 당하고, 양(梁)나라 초(楚)나라 땅을 지나 돌아왔다고 한다. 이것이 장유(壯遊)의 대표적인 사례로 일컬어진다. 자장(子長)은 사마천의 자이다. 《漢書 卷62 司馬遷傳》

5 작년……배회하였습니다. : 권칙이 36세 때 배편으로 등주(登州)에 상륙해 명나라에 사신을 다녀온 일을 가리킨다.

6 이와 같이 말씀을 쓰시니 : 필담으로 대화를 나누기 때문에 붓으로 쓴다고 표현한 것이다.

7 국제(國制)에 : 일본의 쇄국체제(鎖國體制)를 가리킨다. 1633년 제1차 쇄국령(鎖國令)을 시작으로 1639년 제 5차 쇄국령에 이르기까지 외국선박의 내항과 일본인의 출입국을 점차 제한해 갔는데, 1635년에는 제 3차 쇄국령을 통해 일본인의 도항(渡航) 및 귀국을 금지하였다.

대답함. 권경 : "다른 하늘 다른 땅에 사는지라 왕래할 배편이 없습니다. 존공(尊公)께서 어떻게 우리나라에 오실 수 있으실지 모르겠습니다."

아룀. 대졸 : "제가 어찌 속이겠습니까? 어찌 식언을 하겠습니까? 전에는 노친께서 집에 계셔 멀리 떠나지 못했습니다. 부모님께서 수명을 다하셔서 다만 부미(負米)하고픈 그리움[8]만이 있을 뿐 봉격(捧檄)을 하려는 생각[9]은 없습니다. 요 몇 년 이래 관직과 녹봉을 사양하고 병을 앓으며 벼슬을 그만 둔 채 지금은 낙수 가에 은거하여[10] 「고반(考槃)」을 노래하고 있습니다.[11] 그래서 일생 여색을 접하지 않아 처자가 없고 짐이 단출합니다. 하늘과 땅 사이 떠돌아다니는 한 명의

---

8 부미(負米)하고픈 그리움 : 부모를 공양함을 가리킨다. 공자의 제자 자로(子路)는 나물을 뜯어먹으면서도 백리 밖까지 나가 쌀을 구해 짊어지고 와 부모를 공양했다고 한다. 《孔子家語 卷8 致思》
9 봉격(捧檄)을 하려는 생각 : 부모의 기쁨을 위해 벼슬하는 것을 의미한다. 후한(後漢) 때 장봉(張奉)이 다른 지방으로 부임하게 되었는데 마침 임명장[檄]이 왔으므로 효자로 이름난 모의(毛義)에게 주어 수령에 임명하였다. 모의가 매우 기뻐하는 모습을 보고 벼슬을 좋아한다고 착각해 못마땅하게 생각하였다. 그러나 모의는 늙은 모친이 돌아가신 뒤로 여러 차례 현량(賢良)에 천거되었으나 끝내 나가지 않았다고 한다. 《後漢書 卷39 劉平等 傳序》
10 요 몇 년……은거하여 : 당시 석천대졸은 안예[安藝, 아키]의 천야[淺野, 아사노] 가에 봉직하였으나 어머니가 죽은 후 벼슬을 그만두고 경도[京都, 교토]의 상국사(相國寺) 근처에 은거해 있었다. 경도는 천황의 도읍이므로 중국식으로 표현하여 낙수 가라고 한 것이다.
11 「고반(考槃)」을……있습니다. : 은거하여 살고 있음을 의미한다. 〈고반(考槃)〉은 은자가 산수를 서성이며 은거한 즐거움을 노래한 것이다. 《詩經 衛風》

나그네가 어딘들 가지 못하겠습니까? 미루어 헤아려주시기를 간절히 바랍니다."

대답함. 권경. : "두보의 시에 '멀리 나갈 때 가는 곳을 알려드려야 할 걱정이 이미 없어졌으니 가든 멈추든 무슨 상관이랴.'라 고 하였습니다. 이는 진실로 비통한 말입니다. 저희 집에 70세의 노친이 계십니다만 공무에 쫓겨 동남쪽에 와서 분주히 지내며 서산의 지는 해를 바라보는 세월이 얼마나 지났는지요. 몸을 둘로 나눌 재주는 없고 충효를 둘 다 온전히 하기 어려우니 길 떠난 자식의 마음은 정말 근심스럽습니다. 지금 성대한 말씀을 들으니 세상에 떠다니는 나그네로 자처하시면서 종신토록 사모하는 효자의 마음이 말씀에 넘쳐나는군요. 문설주에 기대 자식 돌아오기를 바라는 부모가 계신 제가 수만 리 주유하고 있는 것이 부끄럽지 않을 수 있겠습니까?"

아룀. 대졸 : "무예를 익히는 틈에 비록 육경(六經)을 음미하고 제자백가(諸子百家)를 섭렵하였으나 재주가 성기고 둔해서 세상에서 일컬을만한 일이 하나도 없습니다. 다만 매번 흥취가 있으면 한 번씩 읊어 그 가운데 마음을 즐겁게 하였습니다. 그래서 번잡하고 난삽한 시편이 제법 2백여 편이 되었습니다. 다행히 서안에 두었던 옛 시집 1권을 가지고 왔습니다. 잠깐 보시고 한 번 웃으시기를 바랍니다."

대답함. 권경 : "아름다운 시집을 받들어 읽었습니다. 미처 다 읽기도 전에 귀국에 대가의 솜씨가 있음을 깨달았습니다. 삼가 보니 의경이

원만한데도 시어가 참신하고 옛것을 본받으면서 격조가 맑으니 얼마나 시가(詩家)에 힘을 쓰셨길래 이런 솜씨에 이르렀습니까? 한 번 급하게 훑어보는 것으로 성대히 보살펴주신 마음을 저버려서는 안 될 것 같습니다. 혹시 남겨 주어 하룻밤 나그네 책상에서 진귀하게 감상하도록 해주시겠습니까? 대개 삼백편[시경] 이후 오직 당(唐)나라의 시인이 시가의 풍운(風韻)을 터득하였고, 송·원(宋元) 이래로 시가 없다고 해도 될 것입니다. 귀하의 작품은 고금을 출입하여 진실로 대력(大曆) 연간의 제가(諸家)[12]와 서로 필적하니 제가 오늘 와서 얻은 것이 없다고 하지 못할 것이고, 지음(知音)이 없이 쓸쓸히 돌아간다고도 하지 못할 것입니다. 존공께서 지음이라 인정해주실지 모르겠습니다."

아룀. 대졸 : "보잘 것 없는 시 가운데 취할 만 것이 있거든 정정을 해주시길 바랍니다. 솜씨가 얕으니 감히 피리양추(皮裏陽秋)[13] 할 거리도 되지 않습니다."

---

12 대력(大曆) 연간의 제가(諸家) : 대력(大曆)은 당 대종(代宗)의 연호로, 766~779에 해당되며, 시문학에서의 중당(中唐)의 시기이다. 주요 시인으로 위응물(韋應物), 유장경(劉長卿) 및 대력십재사(大曆十才士) 등이 있다.

13 피리양추(皮裏陽秋) : 시의 수준을 평가한다는 뜻으로 쓰였다. 진(晉)나라 계야(季野)는 입으로 남의 시비를 말하지 않았으나 마음속으로는 분명하였으므로 환이(桓彝)가 "계야(季野)는 입으로는 말하지 않으나, 가죽 속에 양추(陽秋)가 있다"라고 평하였다. 양추(陽秋)는 봄가을을 뜻하는 말로, 포폄을 해서 봄에는 상을 주고 가을에는 벌을 주었으므로 시비를 판단하는 기준을 가리킨다. 《晉書 卷93 褚裒傳》

대답함. 권경 : "귀하의 시가 어찌 제 비루한 말을 기다린 후에 빛이 드러나겠습니까? 게다가 만 리 행역에 생각이 막혀 귀하의 뜻을 감당하지 못할까 걱정입니다."

또 청함 : "동무(東武: 에도(江戶))에 도춘(道春)[14]이라는 사람이 있어서 역시 두 번 만난 적이 있고 창화한 시가 있습니다. 모르겠습니다만 귀국에서 이 사람을 문단의 영수로 여기십니까? 들려주셨으면 합니다."

대답함. 대졸 : "말씀하신 도춘이라는 사람은 별호가 나부자(羅浮子)입니다. 평소 저와 친하게 지냈고 예전에 같은 스승 밑에서 몇 년 동안 가르침을 받았습니다. 그는 보지 않은 책이 없고 모르는 일이 없고 수백, 수천의 말을 한 번 스쳐보아도 외우고 기억하니, 우리나라 최고의 유종(儒宗)입니다. 그대는 동도(東都 : 강호(江戶))에서 경개(傾蓋)의 아름다운 사귐[15]과 시 짓는 모임을 가졌습니까? 인(仁)에 의지하고 예(藝)에 노니니 동방의 군자국에 지령(地靈)과 인걸(人傑)이 어찌 없겠습니까? 어찌 없겠습니까? 말하기가 어찌 쉽겠습니까?[16] 하

---

14 도춘(道春) : 임나산[林羅山, 하야시 라잔, 1583~1657]을 가리킨다. 이름은 신승(信勝)·충(忠)이고, 자는 자신(子信), 통칭(通称)은 우삼랑(又三郎)·도춘(道春)이다. 일본 유학의 비조로 꼽힌다. 석천장산은 임나산의 추천을 통해 등원성와[藤原惺窩, 후지와라 세이카]의 문하에 들어가 유학을 공부하였다.

15 경개(傾蓋)의 아름다운 사귐 : 우연히 잠깐 만났어도 깊이 사귐을 가리킨다. 공자가 담(郯)에 갔을 때 길에서 정자(程子)를 만났는데 일산을 기울여가며[傾蓋] 해가 질 때까지 얘기하며 매우 서로 친하였다고 한다.《孔子家語 卷8 致思》

하. 또 교수인 정의(正意)[17]라는 사람이 있는데 유관이자 의원입니다. 박문강기(博聞强記)하고 특히 문장을 잘 하니 또 이 시대의 영재에 해당하는데, 책상자를 짊어지고 그의 문하에 노니는 자가 부지기수입니다. 나부자와 정의는 친합니다. 정의가 그대에게 도를 논하고 일을 묻는 글이 있었습니까? 각기 어떤 담론이 있었습니까?"

다시 아룀. 대졸. : "근대의 시체라는 것이 모두 만당 이후의 시에 근본을 두고 있습니다. 위로 대한(大漢)에서 아래로 성당(盛唐)에 이르기까지 고율(古律)과 고풍(古風)을 좋아하는 자나 읽는 자가 드물었습니다. 그러므로 기신(奇新)하고 심원(深遠)한 유취(幽趣)를 깨닫는 자가 백 가운데 한둘도 없으니 시가 흥기하지 않은 것은 당연합니다. 소식(蘇軾)은 북로(北虜)의 사자가 시를 잘 짓는다고 자랑하자, '시를 짓는 것도 쉬운 일이지만 시를 보는 것이 좀 더 어렵다'고 하였으니,[18] 시를 보기 어려운 것은 예부터 그러했던 것입니다. 방금 그대께

---

16 말하기가 어찌 쉽겠습니까? : 동박삭(東方朔)의 얘기 중에 나오는 것으로, 비유선생(非有先生)은 오왕을 섬긴 지 3년이 지나도록 자기 의견을 조금도 말하지 않았다. 오왕이 나중에는 안달이 나서 무슨 말이든지 해보라고 하자, 비유선생은, "좋습니다. 입을 여는 것은 간단한 일입니다." 하고는, 역사 이래 임금을 간하다가 죽은 충신 이름을 행적과 함께 풀어낸 후 "입을 열기가 어찌 그리 쉬운 일이겠습니까(談何容易)?"라고 하였다고 한다. 《漢書 卷65 東方朔傳》

17 정의(正意) : 굴행암[堀杏庵, 호리 교안, 1585~1643]을 가리킨다. 이름은 정의(正意), 자는 경부(敬夫)이다. 의학을 곡직세정순[曲直瀬正純, 마나세 쇼준]에게 배우고 유학을 등원성와에게 배웠다. 광도[廣島, 히로시마] 번과 미장[尾張, 오와리] 번에서 벼슬을 하였다. 저작으로 『杏陰集』 등이 있다.

18 소식(蘇軾)이 …… 하였으니 : 송나라 신종(神宗) 때 북조(北朝)의 사자가 왔는데 시를

서 시를 보는 것이 어찌 그리 정밀하며 어찌 그리 은미한지요? 사물에 감응하면 말에 드러납니다. 감응한 바에는 그릇됨과 바름이 있고 드러냄에는 옳음과 그름이 있습니다. 그릇됨과 바름, 옳음과 그름이 시 가운데 드러나면 폐와 간을 본 것 같으니 성정의 미추(美醜)를 어찌 덮어 숨길 수 있겠습니까? 두려워하고 부끄러워할 만합니다."

대답함. 권경 : "정의는 비록 만나지 못했으나 글로 문답하였습니다. 진실로 학식이 많고 단아한 선비였습니다. 저는 존공을 귀국 시가의 정종이라 하고 정의를 문원의 노장이라 하고 싶습니다. 그 나머지 사람들과도 창화한 작품이 있습니다만 시는 존공만 못하고 문장은 정의만 못하였습니다. 그러나 문장은 간혹 부지런히 독서하면 잘할 수 있습니다만 시는 뛰어난 자질을 타고나지 않으면 잘 할 수가 없습니다. 존공께서는 일동(日東: 일본)의 이두(李杜)[19]라 할 만합니다. 옛사람이 양백기(楊伯起)[20]를 관서의 부자라고 하였습니다. 제가 존공을 일동의 이두라 한 것은 함부로 말한 것이 아니라 실로 잘 판단한

잘 짓는다고 스스로 자랑하며 관반(館伴)이었던 소식에게 시를 보내 비난하였다. 이때 소식이 "시를 짓는 것도 쉬운 일이지만 시를 보는 것이 좀 더 어렵다[賦詩, 亦易事也, 觀詩稍難耳。]"라고 하며 〈만조(晚眺)〉 시를 지어 보내자, 부끄러워하며 다시는 시에 대해 말하지 않았다고 한다. 《回文類聚 卷3》

19 이두(李杜) : 성당(盛唐)의 대표적 시인인 이백과 두보를 가리킨다.

20 양백기(楊伯起) : 양진(楊震, 54~124)을 가리킨다. 백기(伯起)는 그의 자. 동래(東萊)의 태수로 부임하자 친구인 왕밀이 밤늦게 몰래 뇌물을 건네며 아무도 모를 것이라고 하자, '하늘이 알고 땅이 알고 내가 알고 네가 아는 데 어찌 아무도 모르겠느냐?'라고 한 '사지(四知)'의 고사로 유명한 청백리이다. 품행이 뛰어나고 경전에 밝아 당시 선비들이 관서의 공자(孔子)라고 칭하였다 한다. 《後漢書 卷54 楊震列傳》

말입니다."

정축년[1637] 정월 조선학사 국헌 권칙과 석천 대인의 문답

아룀. : "정의를 우리 문단의 장수로 일컬으시니 누군들 맞는 직임이 아니라 하겠습니까만 저를 우리 시단의 종장(宗匠)이라 일컬으셨으나 누가 올바르게 뽑은 것이라 말하겠습니까? 비록 그러하나 도안(道眼)[21]이 비추는 곳은 피할 수가 없습니다. 다만 보잘 것 없는 시권의 첫머리에 이 붉은 인장을 찍고 훌륭하신 말씀을 써주신다면 식은 재와 썩은 풀 같은 작품에 갑자기 빛이 나게 될 것입니다. 이는 또 초(楚)나라에서 쓰고 남은 것이 진(晉)나라에 미친 것[22]이라 할 것입니다. 아! 무슨 행운으로 이렇게 지나치게 칭찬을 받았는지요. 매우 감사드립니다."

대답함. 권경 : "제가 들으니 말을 아는 자만이 남의 좋고 나쁨을 잘 말할 수 있다고 합니다. 제 얕은 견식과 못난 학문에도 얻어 본 훌륭한 시편이 이미 많았습니다. 더욱이 곤산(崑山)의 박옥이 어찌

---

21 도안(道眼) : 진(眞)과 망(妄)을 가릴 수 있는 안목을 뜻하는 불교 용어.

22 초나라에서 …… 미친 것 : 진문공(晉文公)이 초나라에 도착했을 때 성왕(成王)이 후하게 대접하면서 진나라에 돌아가게 되면 어떻게 보답할 것이냐고 묻자, "미녀나 옥백은 임금이 가지고 있고 깃털이나 상아, 가죽도 초나라에 이미 생산되는 것이니 그러한 것들이 진나라에 들어오는 것은 임금이 쓰고 남은 것이니 어떻게 보답해야 되겠습니까?"라고 하였다.《春秋左氏傳 僖公 23年》

옥장이가 다듬기를 기다린 연후에야 만 길의 광채를 보이겠습니까? 그러나 이처럼 성대히 돌봐주시니 역시 외면할 수 없겠지요. 원컨대 존공께서 먼저 〈백설(白雪)〉을 선창하시면 〈파인(巴人)〉을 어찌 흉내 내지 않겠습니까?[23]"

또 청함. : "감히 묻겠습니다만, 존공께서는 원래 어떤 관직에 계셨고 지금은 어느 곳에 사시는지요? 존공의 휘(諱)는 무엇이며 헌호(軒號) 는 무엇입니까? 그리고 귀국의 문인들이 감히 공의 윗자리에 나서려 는 자가 없는 데도 홀로 은거해 살며 세상에 베풀지 않는 것은 어째 서입니까? 들려주시기 바랍니다. 제 성은 권(權), 이름은 칙(伏), 국헌 (菊軒)은 호입니다."

대답함. 대졸 : "제 성은 원(源), 씨는 석천(石川), 이름은 요(垇), 자는 장산(丈山)입니다. 통칭[假官名]은 좌근위(左近衛)라 하고 별호는 대 졸와(大拙窩)라고 합니다. 비록 동조대신군(東照大神君)[24]을 대대로 모 신 옛 신하이지만 예전에 군령을 돌아보지 않고 홀로 영중(營中)을 빠져나와 사지에 앞장 서 들어갔습니다. 그 후 막하로 돌아가지 않

---

23 〈백설(白雪)〉을 …… 없겠습니까? : 먼저 시를 주면 보잘 것 없는 작품이나마 화답하겠 다고 겸허하게 말한 것이다. "백설(白雪)"은 초나라의 고상한 가곡의 곡명이고 "파인(巴 人)"은 초나라 대중가요이다. 《昭明文選 卷45 對楚王問》

24 동조대신군(東照大神君) : 에도막부의 창시자인 德川家康[도쿠가와 이에야스]를 가리 킨다. 죽은 후 일광동조궁(日光東照宮)에 봉안되었고 동조대권현(東朝大權現)이라는 신 호가 봉헌되었다.

고 지금까지 이렇게 지낼 뿐입니다. 대장부가 어찌 적의 머리를 벤 공을 팔겠습니까? 더욱이 또 문재에 있어서겠습니까?"

대답함. 권경 : "말이 많아질수록 마음은 더욱 괴로워지고 마음이 괴로워질수록 이별 역시 어려워지니 단칼에 이 정을 끊는 것만 못하겠군요. 깊은 정을 표현할 문장이 없으니 비록 다시 시 한 수 읊고 싶어도 어찌 할 수 있겠습니까? 귀하의 시는 내일 사람을 통해 완벽하게 해서 보내주시는 것이 어떻겠습니까? 사람이 올 때 혹시 시 한 수 부치신다면 내일 또 만나는 것이 됩니다. 저 역시 졸작이나마 지어서 드리겠습니다. 위성(渭城)의 버들이 푸르고[25] 파교(灞橋)의 매화가 피었으니,[26] 인생이 이에 이르면 이별하는 마음을 어찌 가늠할 수 있겠습니까? 오직 원컨대 부디 몸조리 잘 하십시오.

이에 객사를 방문해 조선국 국헌학사 권 문장(文丈)을 만나 필담을 나누다 해가 지니, 즐거웠던 끝에 시 한 수를 지어 서안 앞에서 읊어 드립니다.

---

25 위성(渭城)의 버들이 푸르고 : 위성(渭城)은 장안(長安)의 동북쪽에 있는 지명으로, 당나라 때 이별 장소로 유명하여, 이별을 주제로 한 악부인 〈위성곡(渭城曲)〉이 전한다. 여기에서는 이별할 때가 가까웠음을 의미한다.

26 파교(灞橋)의 매화가 피었으니 : 파교(灞橋)는 장안(長安) 동쪽에 놓인 다리로, 한나라 때 장안 사람들이 으레 이곳까지 전송한 후 버들을 꺾어 이별하였다고 한다. 여기에서는 이별할 때가 가까웠음을 의미한다. 《三輔黃圖 卷6 橋》

일본과 조선이 큰 바다로 막혔기에	日本朝鮮隔海瀛
만날 생각 안 했는데 문장 맹약 맺게 됐네	不圖相遇結文盟
사신 행차 내일까지 이곳에 머문다니	使星明日留此地
황화편에 창화하여[27] 녹명편을 부르리라[28]	唱和皇華歌鹿鳴

정축년 맹추[정월] 18일 낙양은사 대졸와(大拙窩)

방덕공(龐德公)을 배알하는 행운[29]과 한형주(韓荊州)를 알고 싶은 바람[30]을 제가 실제로 이루게 되었습니다. 또 구슬 같은 시를 받드니 모르는 사이 두통이 다 나았는데, 모과의 보답을[31] 어찌 그만두겠습니까? 오직 첨삭하시며 한 번 빙그레 웃기를 바랍니다.

---

27 황화편 창화하여 : 조선에서 온 사신과 창화함을 의미한다. 황화(皇華)는《시경(詩經)》〈소아(小雅)〉의 편명으로, 임금이 사신을 보낼 때 전송하며 부르던 노래이다.

28 녹명편을 부르리라 : 서로 화합하는 자리를 갖겠다는 의미이다. 녹명(鹿鳴)은《시경(詩經)》〈소아(小雅)〉의 편명으로, 임금과 신하가 서로 화합하는 잔치 석상에서 부르던 노래이다.

29 방덕공(龐德公)을 배알하는 행운 : 훌륭한 은자를 만나는 행운을 가리킨다. 방덕공(龐德公)은 후한 말의 은자로 제갈량(諸葛亮)이 늘 찾아뵙고 상 아래에서 절을 하였다고 한다.《三國志 卷37 蜀書 龐統傳》

30 한형주(韓荊州)를 알고 싶은 바람 : 훌륭한 인물과 면식을 트고 싶은 바람을 가리킨다. 이백(李白)의 〈여한형주서(與韓荊州書)〉에 "평생 만호후에 봉해질 필요 없이 단지 한 형주를 한번 알기만을 바랄 뿐이다.[生不用封萬戶侯, 但願一識韓荊州。]"라는 구절이 나온다.

31 모과의 보답을 : 여기에서는 훌륭한 시에 변변치 못한 시로 답하는 것을 가리킨다.《시경(詩經)》〈모과(木瓜)〉에 "내게 값싼 모과를 던져 주길래 값비싼 구슬로 보답하였네.[投我以木瓜, 報之以瓊琚。]"라는 구절이 나온다.

조각배로 천리 바다 봉래섬에 건너와	片帆千里涉蓬瀛
이날에야 시단에서 맹주를 보았도다	此日詞壇見主盟
동쪽 와서 좋은 일이 없었다 하지 마오	莫道東來無好事
불평한 노랫소리 잠시나마 없어졌네	暫時消却不平鳴

옛사람은 고치는 것을 싫어하지 않았습니다. 지금 종이에 급히 쓰니 헤아려 보아주시면 다행이겠습니다.

정축년 정월 국헌

아룀. 대졸 : "오늘의 해후는 진실로 천년에 한 번 있는 만남이니 죽을 때까지 잊지 못할 것입니다. 옛사람은 정이 지극하면 하루가 세 계절 같고 한 달이 3년 같다고 하였습니다. 더욱이 지금 또 바다 만 리 떨어져 있어 다시 만나기를 기약하기 어려운 데이겠습니까? 다만 위북(渭北)과 강동(江東)이 각기 하늘 한쪽 끝에 있으니 밤낮으로 서로 바라볼 뿐입니다. 이에 그대의 재화(才華)를 보니 붓은 구름과 용처럼 날고 문장은 해와 달처럼 높이 걸려 천만가지 변화가 자유자재여서 마치 간장(干將: 명검의 이름)의 신령한 빛이 두우성(斗牛星)을 쏘는 듯하니 누군들 감히 경탄하여 탄복하지 않겠습니까? 제 못난 시편을 돌려보내주기를 바랍니다. 감히 궤안에 두지 못하겠으니 헤아려 주십시오."

대답함. 권경 : "끝까지 함께 얘기 나누지 못할 것을 본래 알고는 있었습니다. 하지만 해가 저물고 가마는 돌아가려 하니, 섭섭하고 울적해서 모르는 사이 나그네 마음이 좋지 않아집니다. 누가 잠깐 사이 만나도 그 가운데 아교칠 같은 교분이 있다고 말했던가요? 인생 백 년 가운데 병을 앓고 근심하는 동안을 제외하고 한 달에 입을 벌리고 웃는 날이 며칠이나 될지 모르는데 이별이 또 그 사이에서 늙음을 재촉하니 옛사람이 '아득해서 혼이 녹는 것은 오직 이별뿐이다.'[32]라고 한 것이 과연 빈 말이 아닙니다. 귀하의 시는 마땅히 짐상자에 갈무리하여 우리나라에 가지고 가겠습니다. 벽에 걸어두고 생각하고 창가에 걸어두고 생각할 것입니다. 소매 속에 넣어두면 맑은 바람이 소매 안에 있다고 생각하고 베갯머리에 두면 향초의 향기가 베갯머리에 스며든다고 생각할 것입니다. 생각하고 생각하여 어느 날인들 생각하지 않겠습니까? 그러니 저와 존공은 전세의 인연이 있었던 것일까요? 말로 뜻을 다하지 못하고 붓으로 글을 다 쓰지 못하고 이만 줄입니다."

아룀. 대졸 : "그대의 샛별과 가을 달 같은 글을 제가 말아서 품에 품으니 문성(文星)이 품에 가득해 야광주에 비길만합니다. 앞서 말한 제 시 같은 것은 자갈 밟는 소리요, 개구리 우는 소리였으니 무슨 성조(聲調)가 있었겠습니까? 혹 귀국에 전해지면 만 리에 악취가 끼쳐질 것입니다. 그대 역시 해변의 악취를 쫓는 사람[33]입니까? 들려주

---

32 아득해서 …… 이별뿐이다. : 남조 때 시인 강엄(江淹)의 《별부(別賦)》에 나오는 "아득해서 혼을 녹이는 것은 오직 이별뿐이다.[黯然消魂者, 唯別而已矣.]"라고 한 구절에서 인용한 말이다.

시기 바랍니다."

대답함. 권경 : "귀하의 말은 아름다운 벽옥 같습니다. 옛사람이 말하기를, 소인은 벽옥을 품고 고향으로 간다고[34] 하였습니다. 저 역시 벽옥을 품고 돌아가고 싶은데 어떠신지 모르겠습니다."

아룀. 대졸 : "제 시고를 빌려드립니다만, 오직 그대의 글 순서에 부합하는지 살펴보시고 내일 아침 제게 보내 돌려주셨으면 합니다. 이해해 주십시오."

대답함. 권경 : "빌려달라는 뜻은 이미 여러 번 말하였는데, 존공께서는 어찌 가지고 가시겠습니까? 출발이 내일입니다. 하루 살펴보는 것도 행운이라 할 것입니다. 남겨두시면 매우 다행이겠습니다."

다시 청함. 대졸 : "수천, 수만 가지 중 오직 시집 한 권을 가지고

---

33 해변의 악취를 쫓는 사람 : 몸에서 심한 악취가 나는 사람이 있었는데 가족들도 감당하지 못하였다. 홀로 사람들을 떠나 바닷가에 나와 살았는데, 그의 냄새를 좋아하는 자가 있어 밤낮으로 그를 따라다니며 떠나지 못했다고 한다. 《呂氏春秋 卷14 遇合》

34 소인은…… 간다 : 본래 향(鄕)은 다른 고장을 의미하나 여기에서는 고향을 가리키는 것으로 보아야 할 것이다. 춘추 때 송나라 사람이 자한(子罕)에게 벽옥을 바치자, 자한이 "나는 탐내지 않는 것을 보배로 삼고 그대는 벽옥을 보배로 삼으니, 내가 이것을 받으면 둘 다 보배를 잃는 것이네."라고 하며 거절하였다. 그러자 송나라 사람이 "소인이 벽옥을 품고 타향으로 갈 수도 없으니[小人懷璧, 不可以越鄕。] 그대에게 드리고 죽음을 청합니다."라고 하였다. 자한이 그를 자기 마을에 살게 하고 옥을 다듬어 팔아서 큰 돈이 들어오자 돈과 함께 고향으로 떠나보냈다. 《春秋左氏傳 襄公 15年》

왔으니 그대가 귀국에 전파시킨다면 저 뿐 아니라 족하도 어찌 부끄럽지 않겠습니까?"

권경이 아뢰기를 거듭함. : "천하의 보물은 마땅히 천하가 공유하여야 합니다. 더욱이 옛사람이 '흰머리 되도록 만나도 처음 만나는 사람 같고 길 가다 잠깐 일산 기울이며 얘기해도 옛 친구 같다.'[35]고 하였습니다. 존공께서는 어찌 이렇게까지 겸손하신 것입니까?"

대답함. 대졸 : "그렇다면 귀국에 돌아가 장독 덮는 데 쓰십시오. 해는 기울고 갈 길은 길게 뻗어있으니, 아! 장부는 눈물이 없는 것이 아니라 한갓 한을 삼킬 뿐입니다. 봄바람 부는 하루 동안 번갈아 문답을 하였으니 이 밖에 또 무슨 말을 하겠습니까? 노래에 '아름다운 사람이여! 소식이 없구나. 천리를 떨어져 있으니 같은 밝은 달을 바라볼 뿐이네.'[36]라고 하였으니, 서로 그리우면 노래를 할 수 있을 뿐입니다. 그대 역시 그리워하시겠지요. 종이를 앞에 두고 목이 멥니다. 스스로를 아끼고 몸조섭 잘 하십시오."

---

35 흰머리 …… 같다. : 《史記 卷83 魯仲連鄒陽列傳》
36 아름다운 …… 뿐이네. : 남조(南朝) 때 시인 사장(謝莊)의 《월부(月賦)》에 나오는 "아름다운 사람이여! 소식이 없구나. 천리를 떨어져 있으니 밝은 달을 함께 할 뿐이네.[美人邁兮音塵闕, 隔千里兮共明月。]"를 인용한 구절이다.

관영(寬永) 정축년[1636] 정월 19일 대일본국 낙양은사 석요 (石凹: 石川丈山)가 삼가 조선국 학사 국헌과 문답한 글

대답함. 권경 : "인생의 한 번 만남 역시 하늘이 정해준 운수가 있는 것입니다. 더욱이 종일 글로 마음을 토로한 사람이겠습니까? 그대의 아름다운 모습과 한 번 헤어지면 다시 만날 기약이 없습니다. 훗날 서로 그리워하여도 단지 구만 리 먼 하늘에 한 조각 밝은 달을 함께 볼 뿐일 것입니다. 서글픈 마음이 저와 선생이 어찌 다르겠습니까? 내일 또 서찰을 주고받으면 내일 또 선생의 얼굴을 보는 것이 될 것입니다. 종이를 대하여 서글프고 서글퍼 일일이 다 쓰지 못합니다."

시학교수 국헌 문백(文伯)께 석천장산이 머리 숙여 아룁니다.

어제 훌륭한 모습을 뵐 수 있어 뛸 듯이 기뻤고, 시 읊기를 갈망하던 마음에 크게 위로가 되었습니다. 서적 위에서 노닐며 시 짓고 술 마시는 모임을 함께하여 악취가 난초 같아졌으니 어찌 잊을 수 있겠습니까? 돌이켜 풍채를 생각해보면 황홀하여 꿈에서 깨어난 것 같습니다. 제 생각에 그대는 덕성(德性)이 안에 무성하고 재화(才華)가 밖으로 빛나고 문사는 굴원(屈原)과 송옥(宋玉)보다 풍부하고 문장은 반고(班固)와 사마천(司馬遷)을 뛰어넘고 고매하고 호탕한 문한(文翰)은 조비(曹丕)의 열 배이니 풍류의 우아한 선비라 할 만합니다. 제게 주신 금옥 같은 글은 한가할 때 읊으면 격려받기에 충분하니 누가 감히 기뻐하며 부러워하지 않겠습니까? 아! 북극의 홀로 나는 새와 남명(南冥)의 깊이 숨은 물고기[37]는 다시 만날 인연이 없습니다. 그리움을 말하

고 싶어도 꿈속에서 수레 맬 것을 명할 수 있을 뿐이니 사람으로 하여
금 하늘 한쪽 끝에 있는 미인(美人)을 그리워하여 탄식하게[38] 합니다.
소식 전할 기러기가 있어 행여 소식을 부쳐주시면 좋겠습니다. 곶감
천 개에 애오라지 제 성의를 보이니 변변찮은 것이라 부끄럽습니다.
꾸짖으시며 받고, 웃으며 남겨두십시오. 섭섭하고 그리운 중에 종이를
앞에 두니 울적하기만 합니다. 바닷길 봄추위에 항상 몸을 보중하십
시오. 구구한 제 마음을 다 펴지 못하겠습니다.

정월 19일

삼가 석천좌근위 대졸 선생의 서안에 답장을 드립니다.

어제 왕림해주셔서 훌륭한 말씀을 편안히 받드니 큰 행운을 어찌
말로 할 수 있겠습니까? 곧바로 아름다운 시첩이 또 이르러 재삼 읽어
보니 훌륭한 모습을 다시 접한 듯 황홀하여 손에서 놓지 못하였습니
다. 다만 엄격한 일정에 기한이 있고 다른 나라 다른 지역에 사는 것
이 한스러울 뿐입니다. 멀리 그대의 수레를 바라보니 섭섭한 마음이
십분 더합니다. 보내주신 훌륭한 시는 시율이 성당(盛唐)에 가깝고 시

---

37 북극의 …… 물고기 : 한유의 시 〈북극일수증이관(北極一首贈李觀)〉에 "북극에 홀로
　나는 새가 있고 남명에 깊이 숨은 물고기가 있어 강줄기가 널리널리 가로막아, 그림자와
　메아리 둘 다 따를 곳 없지만 바람과 구름이 한번 만나면, 변화해서 한 몸뚱이가 되니
　거리가 멀다고 누가 말하랴, 감동하여 격발하면 귀신처럼 빠른 것을.[北極有羈羽, 南溟
　有沈鱗。川源浩浩隔, 影響兩無因。風雲一朝會, 變化成一身。誰言道里遠? 感激疾如
　神。]"이라는 시가 있다.
38 하늘 …… 탄식하게 : 소식(蘇軾)의 〈전적벽부(前赤壁賦)〉에 나오는 "아득하구나, 내
　마음이여. 하늘 한쪽 끝에 있는 미인을 그리워하네.[渺渺兮余怀, 望美人兮天一方。]"라
　고 한 구절을 인용한 말이다.

운은 대아(大雅)를 이었으니 진실로 천년의 드문 노래입니다. 지금 시집을 돌려드리려 하니 마치 손 안의 구슬을 연못에 떨어뜨리는 것보다 더한 느낌입니다. 비록 남겨두고 싶지만 바람과 천둥 속에 변화하여 인간의 큰 보물을 잃게 될까 걱정스럽습니다. 제가 이에 율시 한 수를 지어 다시 맑은 서안을 더럽히니 한 번 비웃어주시기 바랍니다. 봄에 바다의 역으로 돌아가니 겨울 매화가 처음 피었고 이별의 한이 아득하여 물처럼 깊습니다. 오직 몸 보중하시기를 바랍니다. 이만 줄입니다.

정축년 정월 하순 국헌 아룀.

보내주신 진귀한 과자는 말씀대로 잘 받았습니다. 감사합니다. 필법 8매, 현선(玄扇) 2자루를 외람되게 드립니다. 대졸옹의 시권에 다음과 같이 씁니다.

이 시대 시단의 장수 가운데	今代騷壇將
오로지 공만이 이름 떨치네	唯公獨擅名
시로는 팔차수[39] 이루어냈고	詩成八叉手
안목은 오언장성[40] 짧게 만드네	目短五言城

---

39 팔차수(八叉手) : 시를 민첩하게 지음을 뜻한다. 당나라 온정균(溫庭筠)이 손으로 깍지를 여덟 번 끼는 동안 여덟 수의 시를 지어 온팔차(溫八叉)라고 불렀다고 한다.《北夢瑣言 卷4》

40 오언장성 : 당나라 유장경(劉長卿)이 오언시(五言詩)에 유독 뛰어나, 아무도 그를 이길 수 없다는 뜻에서 스스로를 오언장성(五言長城)이라 불렀다고 한다.《唐才子傳 卷2 劉長卿》

자태는 곱기가 봄구름 같고	態度春雲麗
화답시는 사당의 비파 같구나	清和廟瑟鳴
어떻게 문자음[41]을 감당하겠나?	何當文字飲
큰 고래 이끄는 것[42] 거듭 보노라	重見掣長鯨

정축년 정월 하순 조선학사 권국헌

권학사 국헌 시백이 내 시집에 써준 제문을 받들고 영광스럽게 읊은 끝에 〈양관곡(陽關曲)〉에 두 번째 창화시를 보태다

동서로 관직에서 노닐던 손님	東西遊宦客
시 삼백 외운 재주 이름이 났네	草木識才名
나를 떠나 경도(京都)를 나서게 되니	別我出京洛
그대 위해 위성곡을 부르고 있네.	送君歌渭城
고국에선 지혜롭고 신분 높았고	國中依智貴
해외에선 시로써 이름 날렸네.	海外以詩鳴
만 리에 채익선 날 듯이 가니	萬里飛文鷁
고래 타고 영광되게 돌아가리라	榮旋著錦鯨

정월 19일 석요 씀.

---

41 문자음 : 술을 마시면서 시(詩)를 읊고 문(文)을 논하는 것을 가리킨다. 당나라 한유(韓愈)가 장안의 부호집 자식들을 조롱하면서, "문자음은 모르면서 붉은 치마폭에 취할 뿐이지.[不解文字飲, 惟能醉紅裙。]"라고 하였다. 《全唐詩 卷337 醉贈張秘書》

42 큰 고래 이끄는 것 : 매우 뛰어난 재주를 가리킨다. 두보(杜甫)의 〈희위육절구(戲爲六絕句)〉에 "간혹 비취새 난초 꽃에 앉은 것을 보았으나 아직 푸른 바다에서 고래 끄는 일은 없었네.[或看翡翠蘭苕上, 未製鯨魚碧海中。]"라고 하였다.

　돌려보내신 책과 아름다운 창화시, 아울러 초서체 8폭, 황선(黃扇) 2자루를 공경히 받들고 두터운 후의에 각기 아름다운 뜻을 받았습니다. 감격한 마음을 새기니 감사하는 마음을 제가 어찌 이기겠습니까? 제 화운시 1수는 바로 전별시(餞別詩)를 흉내 낸 것입니다. 문장이나 고쳐주시면 다행이겠습니다. 어제 제 시고를 빌려드리기만 하고 싶다고 청한 것은 화려하게 베낄 솜씨가 없어서 붓 적시기를 기다리고 있었던 것은 아닙니다. 이만 줄이겠습니다.

19일 석대졸 아룀.

　국헌 시백 : 삼가 대졸 존공 족하께 답장을 드림.

　이어서 훌륭한 작품을 받들고 여러 번 큰 소리로 읊었으나 말씀드릴 길이 없습니다. 떠나는 길이 바빠 아름다운 모습을 다시 뵈올 수 없으니 섭섭하기 그지없습니다. 오직 몸 보중 잘 하시기를 바랍니다. 때때로 바람 편에 소식을 들을 수 있으면 다행이겠습니다.

　국헌이 급히 썼습니다.

朝鮮筆談集

朝鮮國 中直大夫 詩學敎授 菊軒 權伐 筆語。

石川大拙, 稽顙, 啓: "朝鮮國權菊軒文丈梧右。西裔東極, 海陸萬里, 舟車有時, 往還無恙, 使君到東武, 通信節竟盛禮, 夫惟闔國之大幸也、大慶也。珍重珍重。"

復。學士菊軒 敬: "風霜辛苦, 職分內事也。敬蒙垂慰, 感豁良多。"

再啓。大拙: "是行也, 雖欲隨三使君入貴邦見風俗, 國制不許自恣獨行, 故思而止此。大明與貴邦者接境, 到貴邦, 雜行僧徒, 則有獲遊衍乎西湖, 經行乎南京耶? 吾丈入大明, 覩魯、鄒之儒風聖跡否? 其餘逍遙何國、留連何地, 可得而聞?"

再復。權敬: "謹悉敎意, 不覺投袂而起敬也。豈料高擧塵寰有此卓爾之偉人也? 深用敬慕無以爲喩。不佞亦早有壯遊之志, 超然追司馬子長探禹穴、浮沅湘之風。往年涉渤澥歷靑齊, 放歌乎燕市之中, 翶翔乎鄒、魯之鄉, 而今從使行, 又窮貴國之山川, 平生志願, 於是乎畢矣。得與尊公 又有今日之會, 則是又壯遊之一大幸也。良荷良荷。"

啓。大拙: "如書右端, 遠遊之願, 不去心矣。它日若國制無妨, 依商舶之便, 欲垂跡於三韓, 流芳於百世. 吾丈有待耶?"

復。權敬: "各天異地, 往來無便, 尊公未知緣何得到我邦耶?"

　啓。<u>大拙</u>: "不佞豈以相欺爲哉? 何食言? 曩則老親在堂, 故不遠遊。父母終天年, 逈有負米之慕、無捧檄之思。緣兹數年已還, 辭官顚祿, 抱病致仕, 方今隱<u>洛汭</u>, 以歌《考槃》。所以一生不觸女色, 無有妻子, 行李蕭然, 乾坤一浮客, 何地不遊哉? 貸恕至禱。"

　復。<u>權敬</u>: "<u>杜陵</u>詩云: '旣無遊方戀, 行止復何有?' 此誠悲痛之辭也。不佞堂有七十歲老親, 而爲官事所迫, 奔走東南, 望西山之落日者, 于今幾歲月耶? 分身無術, 忠孝難全, 遊子之情誠可憾矣。今聞盛教, 自以浮客許身, 孝子終身之慕, 溢於言表, 不佞之周遊萬里, 有倚門之望者, 能不愧乎?"

　啓。<u>大拙</u>: "講武之暇, 雖咀嚼《六經》, 涉獵百家, 蕭散疎頑, 無一事之可稱于世者。第每有興趣 一咏一吟, 樂心於其中。是故燕音累氣, 頗有二百餘篇, 幸携所在案間之舊詩一卷來也。勾歷電矚, 可發一粲。"

　復。<u>權敬</u>: "奉讀淸編, 未卒業而便覺貴邦有大家手也。窃見意圓而語新, 法古而格淸, 何其用力於詩家者, 若此之工耶? 不可一遭電過, 以孤盛眷。倘能留置, 以爲客榻一霄之珍翫耶? 大槪《三百篇》之後, 惟<u>唐</u>人得詩家之風韻, 而<u>宋</u>、<u>元</u>以下, 雖謂之無詩可也。貴作出入古今, 眞與<u>大曆</u>諸家, 互爲頡頏, 則不佞今日之行, 不可謂無所得也; 亦不可謂無知音落莫而歸也。未知尊公許可也。"

　啓。<u>大拙</u>: "小詩之中, 至有可取者, 幸加郢正, 巧拙膚淺, 勿敢爲皮裏陽秋。"

　復, <u>權敬</u>: "貴詩何待鄙言而後, 方可發輝耶? 況萬里行役, 意思茅塞, 恐不敢當此盛意也。"

　又請: "<u>東武</u>有<u>道春</u>者, 亦嘗再見, 而有唱和之詩。未知貴邦以才人爲文苑之領袖耶? 願聞之。"

　復。<u>大拙</u>: "所諭<u>道春</u>者, 別號曰<u>羅浮子</u>。素與吾善, 昔日親炙乎函丈之間者有年, 彼無書不見, 無事不知, 數百千言, 一過誦憶, 最爲我國之儒宗也。吾丈於東都有傾盖之雅言詩之會耶? 依於仁游於藝, 東方君子之國, 地靈人傑, 豈虛豈虛? 談何容易? 呵呵。又有教授正意者, 儒而醫也。博聞强記, 殊工文章, 是又當時之英才也。負笈遊於其門者, 不知幾許。羅浮與正意友善, 正意對吾丈有論道問事之文耶? 各有何論譚哉?"

再啓。大拙: "近代體製者, 凡本晚唐已後詩, 上自大漢下至盛唐, 古律古風好之讀之者盖鈔。故曉奇新深遠之幽趣者, 百無一二。宜哉, 詩之不興! 蘇軾, 北虜使者以能詩謂之, 曰: '賦詩易事, 觀詩稍難, 詩之難見, 自古復爾耳。' 方今吾丈觀詩, 何其精哉! 何其微哉! 詩感於物而形於言, 所感有邪正, 所形有是非, 邪正是非顯然乎詩中, 如見肺肝, 則情性之美惡, 亦何以獲覆藏哉? 可懼可惡。"

復。權敬: "正意雖不得見, 而以書問答, 眞博雅之士也。不佞願以尊公爲貴邦詩家之正宗, 以正意爲文苑之老將, 其餘亦有唱和之作, 而詩不如尊公, 文不如正意也。然文或謹讀者能之, 詩非天生清格, 不能爲也。尊公可謂日東之李、杜。古人以楊伯起爲關西夫子, 不佞以尊公爲日東李杜者非妄也, 實知言也。"

歲丁丑之月正, 朝鮮學士菊軒權伐, 與石川大人問答。

啓: "以正意稱我文壇之將帥, 誰謂匪其任? 以不佞稱我詩林之宗匠, 誰謂當其選? 雖然道眼所照 無處回避, 但以此丹印玉音, 冠小詩卷, 則寒灰腐草欻發光輝者耶? 是又楚波及晉之謂歟! 吁! 何幸侈旃? 感甚謝甚。"

復。權敬: "窃聞之'惟知言者, 能言人之善不善。' 不佞以淺見劣學, 得見清編, 亦已多矣。況崑山之璞, 何待玉人之摩挲, 然後方見萬丈之光耶? 然盛眷至此, 亦不可孤也。惟願尊公先唱白雪, 則巴人豈無效之者耶?"

又請: "敢問尊公。原任何官? 而今居何地? 尊諱誰也? 軒號何也? 抑且貴邦之文人，無敢出於公之右，而獨屏居，而不爲施設於當時者何也? 願聞之。不佞姓權名伿，菊軒卽號也。"

復。大拙: "厶姓源、氏石川、諱坱、字丈山，假官名曰左近衛，謂別號曰大拙窩。雖爲東照大神君，累葉之舊臣，昔不顧軍令，獨挺於營中，入死地先登。自後不歸幕下，至今若是而已。大丈夫何衒首級之功哉? 況又於文才乎?"

復。權敬: "言愈多而意益苦; 意益苦而別亦難，不如引刀而斷此情也。情之至者無文，雖欲更吟一詩，那可得乎? 貴詩明日送人完璧如何? 人來時倘寄一詩，是明日又相見也。不佞亦當構拙而呈之也。渭城柳綠，灞橋梅發，人生到此，別懷何可量也? 唯願珍重千萬，千萬珍重。"

爰叩蓬廬，謁朝鮮國菊軒學士權文丈，筆語移晷，怵躍之餘，卑興一首拓呈吟梧前。

日本、朝鮮隔海瀛，不圖相遇結文盟，使星明日留此地，唱和《皇華》歌《鹿鳴》。

寬永丁丑孟陬，十又八日，雒陽隱士大拙窩。

拜龐之幸，識韓之願，不佞實有之。又擎瑤韻，不覺頭風頓痊，木瓜之報，烏可已乎? 惟冀郢正一咲。

片帆千里涉蓬瀛，此日詞壇見主盟，莫道東來無好事，暫時消却不平鳴。

古人詩不厭改，今也臨楮走管，幸恕覽。

丁丑之月元，菊軒。

啓。大拙: "今日之邂逅，洵千歲之一遇，終身不可諼。古人如情之至者，一日弍秋，一月三歲，而況今又於隔海其萬里，再會之難期哉? 嗇渭北江東，各在天一涯，日夜相望而已。爰見吾丈之才華 筆飛雲龍，文揭日月，千變萬化，多少自在，如干將之神光射斗牛，孰敢不驚服哉? 不佞拙篇還投甚幸。勿敢停几案，貸恕貸恕。”

復。權敬：“固知終不得陪語，而日之夕矣。高駕將旋，依依然，黯黯然，自不覺客懷之惡也。孰謂片時之遇，膠漆已在其中耶？人生百歲之中，除疾病憂愁，而一月開口笑者，未知幾何日，而離別又能催老於其間，則古人所謂黯然消魂，唯別而已者，果不虛矣。貴詩當藏之客篋中，歸託於吾邦，掛壁上則思之，掛窗間則思之。納袖中則思清風之在袖中也，置枕上則思芳香之襲枕上也。思之思之，何日不思？然則不佞其與尊公，有夙世之緣耶？言不盡意，筆不盡書，草草止此。”

啓。大拙：“吾丈華星秋月之章者，厶卷而懷，文星滿懷，比之夜光玉可也。前所云至鄙吟，如瓦礫如蛙鳴，何聲調之有？倘遺之貴邦，則遺臭於萬里者也歟！吾丈亦海邊逐臭之人耶？非耶？丐幸聽焉。”

復。權敬：“貴語如美璧，古人云：‘小人懷璧而越鄉。’不佞亦願懷璧而歸，未知如何？”

啓。大拙：“不佞之藁亦借示，惟祈校合吾丈之文次，詰旦馳僕，以可返呈，原亮。”

復。權敬：“願借之意已言之，尊公何可持去？啓行當在明日，一日之考校，亦云幸矣。留之幸甚。”

再勾。大拙：“千條萬緒，只還一詩卷來，吾丈教之傳播於貴邦，匪啻不佞而已。足下復豈能不耻哉？”

權敬啓復：“天下之寶，當與天下共之，況古人云：‘白頭如新，傾蓋如舊。’尊公何謙遜之至此耶？”

答。大拙：“然則歸貴國，使之覆醬瓿。日昃途脩，嗟丈夫匪無淚，徒飲恨耳。春風一日，遞問迭答，此外又何言？歌曰：‘美人邁兮音塵闕兮，隔千里兮共明月。’相思長可歌而已。吾丈亦當思　臨楮於邑。千萬自愛、千萬珍嗇。”

寛永丁丑端月十九日，　大日本國洛陽隱士石凹敬問答朝鮮國權學士菊軒丈書

復。權敬：“人生一會，亦有天數，況終日論文吐書肝膽者乎？一別丰容，再逢無期，他日相思，只有九萬長天一片明月而已。悵然之懷，不佞與先生何異哉？明日又以片札相投，則是明日又見先生之面也。臨楮悵悵不一。”

詩學教授菊軒文伯文席，石川丈山頓首啓

昨日獲接芝眉，鰲忭雀躍，大慰渴咏。竹素之遊，詩酒之會，其臭如蘭，豈可忘乎？顧念風采，怳然如夢覺，宓以如吾丈，德蔭內茂，才華外光，詞艷屈、宋，文鞭班、馬，高邁浩翰，十倍曹丕，可謂風流之儒雅也。金薤琳琅之賜，足以爲閑居之鼓吹也，孰敢不忻羨美哉？嗟北極羈羽，南溟沈鱗，無緣會遇，願言之思，可夢中命駕而已。使人有美人兮天方之嘆，便鴻有羽，幸附德音，白梂千枚，聊效芹意，菲儀板然，叱入莞存，悵戀之裏，臨楮悗結。海路春寒，若時保練，區區之曼乙，什貸不又。

端月十有九日

謹復石川左近衛大拙先生芸案下

昨枉清眄，穩承謦咳，景幸曷喩。卽者華帖又至，披讀再三，怳若更接芳宇，手不能釋也。第恨嚴程有限，邦域殊界，瞻望高軒，黯然之懷，更添十分。惠遺清詩，律逼盛唐，韻賡大雅，眞千歲希聲也。今將卷還，不啻如掌珠之墜于淵也。雖欲留之，亦恐變化於風雷，失人間之大寶也。不佞玆一律，更塵淸案，倘冀一哂。春還海驛，寒梅初動，別恨悠悠，與水俱深。唯願吟況珍嗇。不宣。

丁丑元月下浣，菊軒白。

惠來珍菓依受，感幸感幸。筆法八枚、玄扇二把。汙呈題大拙翁詩卷。

今代騷壇將，唯公獨擅名。詩成八叉手，目短五言城。態度春雲麗，清和廟瑟鳴。何當文字飲，重見掣長鯨?

丁丑歲元下浣，朝鮮學士權菊軒。

承權學士菊軒詩伯，題予小詩卷，光誦之末，以充《陽關》之乙唱。

東西遊宦客，草木識才名。別我出京洛，送君歌《渭城》。國中依智貴，海外以詩鳴。萬里飛文鴿，榮旋著錦鯨。

月正十又九日，石凹稿。

寅奉依使之還捐睨妍唱，幷草聖八幅、黃扇貳握，珍惠之厚，各領雅意，感刻是荷，謝私曷勝? 拙和一章，酒效祖送，幸加點竄。昨日所勾，余之藁書，許借惟祈，匪無彩鸞謄寫之手，泚筆竢耳。匆匆不乙。

十九日，石大拙啓。

菊軒詩伯敬復大拙尊公足下

續擎佳什，莊誦數回，無以仰喩。行色忽忽，不得更奉芝宇，悵悵不盡。惟願珍重千萬，時因風便，幸惠德音。菊軒忙草。

【영인】

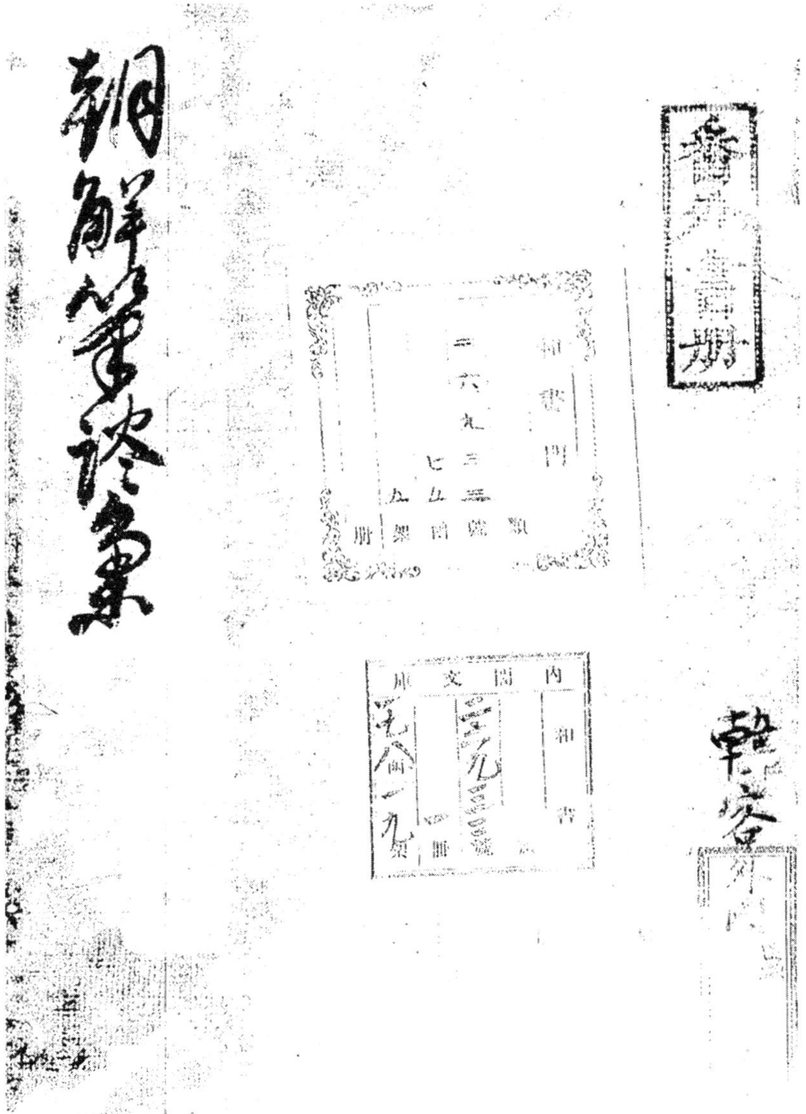

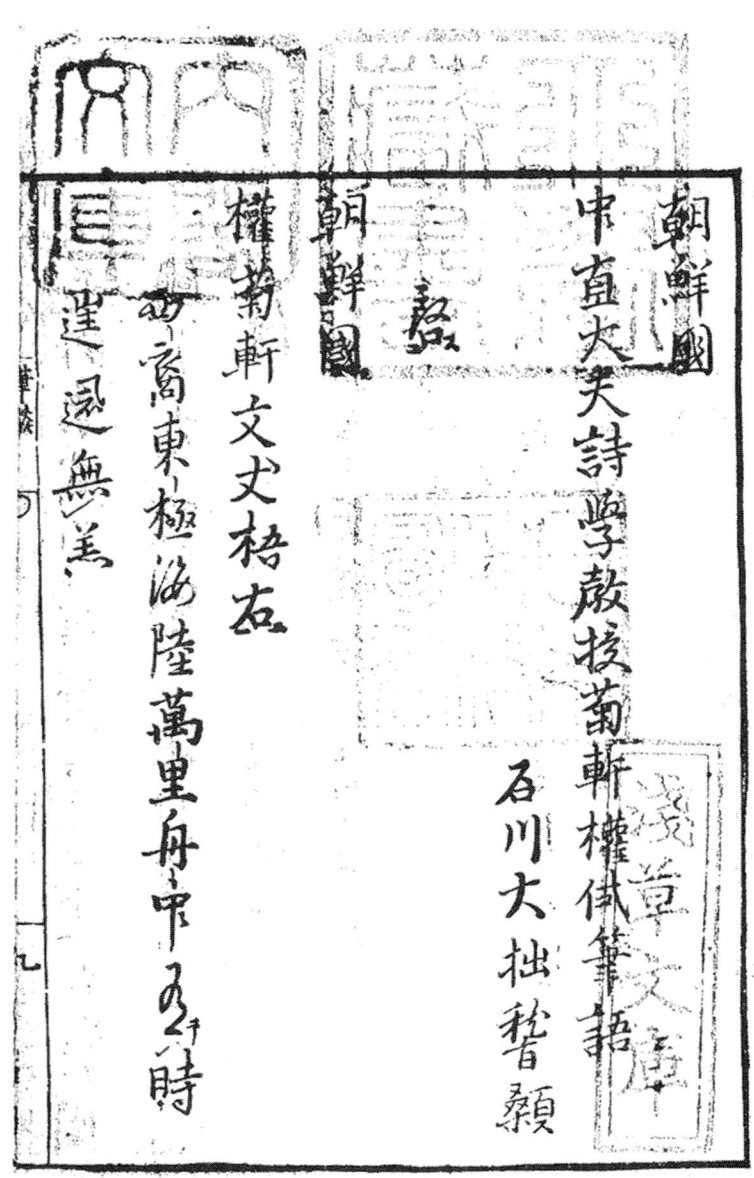

使君到東武通信節竟盛禮奉慰圖

國之大幸也大慶也珍重

復

　　　　　學士兼軒敬

風雲辛苦職分內事也敬蒙

奉慰感審良多

再啓

　　　大拙

光行也雖

三伏君入

貴邦見聞從ニ国割リ分ヿ許サ自ラ洋ニ獨行スル加ニ

思ヒ而止ム洲大ナリ以ト興ト

貴邦吉揚リ憶キ境ニ到ル

忠邦雜行スル僧徒州ヲ獲ニ迢ニ街ヲ乎西ニ府ニ

經行ヿ乎南京ヿ

考文人ヲ大ニ観曾鄒ノ儒風聖跡ト韓天下條

逍遥リ行ヲ国葵ニ陳ス行地ニラ堪フ而聴ク

再復

謹悉ス

權敎

高擧テ塵寰ヲ看ル卓爾トシテ偉人ト也保用テ敢
慕スヤ世ニ行ハレテ喩ヲ不俟二子ヲ引テ壯ニ遊ヘシ
志超然トシテ追フ司馬子長探リ禹穴ニ滓ヲ浮ヘテ沈
使乎風ヲ澄瀟灑歷テ齊魯ニ
放歌乎燕市ニ中ニ翺翔乎鄒魯ノ
之郷ニ而今ヤ從使徃ヌ又寶ム

貴國ノ山川平生ノ志ヲ於テ竟ヲ手興ヤ笑

得興 下二

尊公又有帖今月ノ之會分竟ヲ又性扨了一去

幸甚良荷ヽヽ子

　啓

　　　　大拙

如書太擴之〜之〜〜矣亡自

吾國割豊妨優於商舶ノ便〜〜無ニ

跡旅三韓ニ流芳於百世ニ

吾丈有待耶

復

各天與地往來幾度

尊公未知緣何得到我邦耶

權敬

啓

不佞

大拙

老親在堂故不遠遊父母孩天

宣以お欺為教何食言最則

季趨弓之頁來之慕無捧檄之恩

齡茲數年已還辭官顧祿抱病

致仕方今隱洽洒以歌考藥眠

一生不觸女色無有妻子行李蕭然

乾坤一浮客何地不遨哉

貸怒至禱

　　　復

　　　　　　　權敦

杜陵詩云既無遊山戀行山後行山

此誠疢痛之辭也不俟壽有二七十

歳老観而為官軍所迫奔走東

南望西山之落日者于命幾畢

月耶分無術忠孝難全遊子

之博識矣今聞

盛敷自以浮許妻孝於慕

溢於言表不倣周遊

倚門之望志能子愧乎

啓

大拙

講武之服雖咀嚼六經ニ涉獵百家ノ書

散辣穎無啼之ヲ稱于世者第角三角

興趣文ヲ咏テ吟樂心ヲ於テ中号如

薰音景氣頗有二百餘篇幸携下

所在柔閒舊說一悉柔也無歷

電膈可發一簘

復

奉讀

權敬

清編ヲ未ダ卒業而便覽ス

貴邦ノ弓大家手也窃ニ見ル意圓而語ヒ新タ
ニシテ而格清シ何ゾ其用ニカお詩家ニ者
乎民ヲ工耶不ニ一ノ一遭電ルヲシテ以テ孤ク
盛者偉然ク留置キ以て為岩榻一霄ニ珍ナリ
耶大縣三百篇ヲ後惟唐人ノ得テ詩
家之風韻而宋元以下雖ニ謂フ之無ラ

耳ナリ山

貴作出入古今直與大曆諸家互爲角頡

頡則ふ候今日そりふる鯉譽い所ニ

得也ニふ可ヲ謂ニ無ニ知音落ニ眞而歸ニ

地未ノ知ヲ

尊公許ニ于此也

　　啓

　　　　大拙

小詩を中玉ぶらぶその最志お加鄙一ニ

巧ニ拙層浅ニ氣敢爲ニ皮裏陽秋ヲ

復　　　　　　　　　權敎

貴詩何ヲ待テ鄙言而後ニ方ニ可ニ發ニ輝耶
況ヤ第里行役意ノ思茅塞恐ニ不ニ散耶
富ニ此畫意也

又請

東武有道春ノ者六皆ニ再見而有唱
和之詩未ニ也
貴邦以ニ此人ヲ為ニ文菀之領袖耶然ニ鄙心

復　火拙

昨論道春者ガ考ルニ曰雖浮子素與善昔ヨリ親炙スル乎函丈之間者ヲ筆彼無書ヲ見ルニ見ルニ數百子言ヲ圖

誦憶最為我國之儒宗ナリ盖ヲ雅言詩之會耶依於仁遊於藝東方君子ノ

吾丈於東都ニ有願盖之

國地靈人傑豈處ノ復何ヲ容カラ

呵呵又弖毎授正意者儒而騷闇也

博聞強記殊工文事已又當其之

英才也頁寶遊於乎門者不知幾之

許羅浮與正意友善正意耐二

吾丈有論之事文耶答云何

論譚哉

再啓

大拙

近代體割裁者凡本晚唐已後詩上

自大漢而至盛唐古律古風好之

讀之可盖勲故曉奇新深遠

出趣者百出宣載詩之為真藏

軾杜膚使去以能詩謂之曰賦詩

易事觀詩稍難詩之雖見自芽渡

爾年方今

吾丈觀詩何其精哉何气衙載塚

感於頹而死於言所感之郊七止

筆談　五

所願為云爾不足此是此形於字

詩中為覺肺肝則拷情之美惡山

何曰獲要復藏哉の慇可惡

　後　　　　　　　權　敬

正意雖不得見而以書同嘗生博雅

之士也　　の倭願目

尊公為　貴邦詩家之正宗以正意為

文苑之老將云々修云々唱和之

佐而詩不如

尊公文不如正意也然文武勤讀去能

詩死乞生情極不解為也

尊公可增　日東之李杜也古人以稻伯

起為關西夫子不俟以

尊公為　日東李杜志飛言也寔出

言也

歲丁丑之月正朝鮮學此業軒松付

與

石川丈人回答

啓

以正意稱我文壇之將冷ト誰謂歟

倨呂不俊稱我詩林之宗匠ト誰謂當

其選銓孰子所照毛云回避

仍此丹印玉音冠小詩壺則寒灰

腐草數發光輝志卿岂文楚

及嘗テ謂歟哽、何ヲ拳テ慘藏甚驚甚

復　　　　　　　　　　　權敳

窃ニ國ツ惟フ惟知言者能ク言人之善不善

不佞以ス淺見劣學得見ヲ

清編ヲ抱フ多ク矣況ヤ崑山之璞何ヲ待テ主人

之摩娑ヲ然倿方見ニ高茲之光邮

眹

盛者玉此ニ示ふの孤り悟らズ

尊公先唱白雪則巴人豈無慙乎耶

又請

敢問

尊公原任何官而今居何地荅誰

軒號何也抑且

貴邦之文人豈敢出於

公之大而獨屏居而不爲施設於當時乎

只也頷然而笑不佞姓楕名代菜軒

即號也

渡

僕姓源氏召川諱坜字丈山假官名ニ

大拙

尤近衛ニ謂別號曰大拙窩雛トナシ為

東照大神君累葉ノ舊臣昔不顧草令

獨挺於營中入死地先登シ助後ニ

卿幕ニ至今ニ而已大丈夫

何衛首級之功哉況又於文才乎

復　　　　　權敬

言愈為而意益苦意益苦而○○○

難不如引刀而断此○地情○玉志

○文雖欲更吟一詩那○得乎

貴詩明日送人完璧如月人未付備寄

一訣气明月入お見也不倭市當樀

独而呈○也渭城柳緑灞橋梅發

人生到此別恨何○○○童也唯願珎童

千萬々々珍重

爰ニ叩テ篷盧ニ謁ス

朝鮮國

蕙軒學士權文犬筆語　移簣ヲ怡躍々

餘早與一首拓皇ス　唫梧前ニ

日本

朝鮮隔海瀛ヲ圖ノ

相遇結文盟ヲ

使星明日留二此地一唱二和一

　皇華二歌鹿鳴一ヲ

寬永丁丑孤版十又八日

　　　雒泗隱士大拙窩

拜麗之奉讀韓之願不佞實有之

　又挈二

瑤韵不レ覺行風頓痊木瓜之報烏可

已孚惟魚

郢正一笑

片帆千里渉蓬瀛此日詞壇

見至盟莫逆東来氣好了

碧何消却不平鳴

古人詩不厭致今也臨籙去

晉華恕賢當

丁丑之月元

菊軒 ■

啓　　　　大拙

今日之邂逅洵千歳之一遇終身ヲ

護ス古人敦情之云云謹一月弐拾一月

三歳而況今又旅ヤ備ヘン海濱ノ兄弟

再会之難期哉曾渭水江東矣

左右乙一匡月夜忽望而已愛見

吾丈之才華笔乖雲駛文掲月月午

震萬化多少自然于楊之祈光

射斗牛ヲ熟敢ニ平警服哉　子偏ニ樹篇

邑授其末勿敢為儿栄　償想ニ

後

　　　　　權敬

固知絶不傳陸隱而日之夕矣

之惡也熟讌片時之遇膠漆已坐

高駕將旋依ニ熈黷之魚自不覺之懷

其中耶人生百歲之中除癈病

憂懃而一月閉口笑生き末之筆河

目二而一韻以ゾ又能催老旍云二云爾云如

古人所贈顯然濆嶼蒐唯別而已者

果ゞ二虛矣

幷詩當藏二於容篋中一歸誑於吾邦上二

掛二壁之一則思之掛二窓間一則思之

納二袖中一則思清風之至二袖中一

抛二置杌上一如黑芳香之龍籤杌上二

思之愚不何月多其然則不按二云一

尊公有賦世こ縁耶詩ふま意筆こ

書草こ引此こ

啓

吾丈華星秋月こ彙玄厶巻而懷支星

陋裏比ろ夜光玉ろや前聯云こ鄙

吟如尾礫如蛙鳴月孝調ころ

倘遺之ヲ

貴邦則遼矣顕萬里者如

二十五

吾丈亦海魚を逐て奥ゝに入の邪孔邪馬に

聽を焉

復

少ゝ語りしゝ羨し壁ゝ古人云小人懷璧而越ゝ郷ゝ

權敬

不佞亦願懷璧而歸末知ゝ乎

啓

大拙

不佞之藁も亦借ゝ惟祈校合て

吾犬ゝ文ゝ詰旦馳僕以可返ゝ皇原亮

復

　　　　　　　　權　敬

願備之意已言之

尊公何ッ方持去陪行當在明之二日之

考校亦云芋矣蜜之手玄

再句　　　　　　　　大拙

千條萬端云云一待巻来

吾丈厳之做播於　貴邦匹唐不俟矣

呉之六復豈能勿恥哉　　權敬啓霆

尊公何謙遜之至此耶

若

然則歸

貴國使還顧日影迢遞嗟丈夫

医便飲恨耳

春風一百遍問逸答此外又何言

大拙

歌曰

美人邁兮音塵闊兮隔千里兮共

明月兮相思長兮歌而已

吾丈亦當思臨楮於邑千万自愛千

万珍重

寛永丁丑端月十九日

大日本國雒陽隱士石山敬

同苓書

朝鮮國權學士菶軒丈書

復　　　　　　　　　權敬

人生一會亦云天數況謁門論文歎

肝膽忘形爭一笑手容再逢世釱

他日相思玉京三九萬長乞一片

明月而已悵然之揺不倦興

先生何以興哉明自又以所札扠撥則

芒明日又見

先生之爲ッ也隋珠枯帳しテ云二

詩學教授蘭軒文伯文席

　　　　　　石川丈山頓首語

昨日獲接二

芝眉蠻怖崔躍大樹渇弥竹素ニ起

詩酒之會其臭如蘭堂ニのや乎

顧念風采恍然如夢兎窮以

吾丈曩内茂才華あし光リ詞艶屈宋

文鞭班馬高邁浩瀚夕二倚曹丕

うの瑪風流儒雅地金薤琳琅

之賜是以爲開庭之鼓吹也孰敢

ふ忻義哉嗟此極羈羽南滇沈

鮮無孫曾遇顔上言思の夢中

命駕而已使人人美天方之

嘆便鴻有羽奕附傳音白柿

千校聊效芳意菲儀報然叱入

莞存帳戀ニ襲臨テ楮ニ慌ヲ結ス淚ノ

春寒若時ニ保練區ヲ曼乙什伐

ふ文

端月十有九日

謹復ス

石川大近儔大拙先生　芸案下

昨枉ニ

倩鬷ノ穩ニ承ク

警咳景華易ヲ喩シ雕ヲ者

華帖入ヲ玉披讀再三悅若更接ニ

芳宇于小就栽也第恨嚴程ヲリ限邦

域殊界瞻望

高軒驥騄〱懷更添二十分ヲ

惠遺清詩律遍盛唐韻慶大雅真

千歳希嚴也今将巻還ス不啻當如

掌珠之墜ヂ淵也雖歡留ルニ亦

恐ハ變化シテ風雷ニ失ヒ人間ヲ入レテ大ニ寶ヲ山

不佞茲ニ構ヘテ一律ヲ更ニ塵ス

清楽ニ備ヘ魚ニ

一酒ヲ春還ヲ海ニ驛ニ寒梅ニ初テ寿ヲ……悠ニ

與ニ水倶ニ深ク唯願ハ吟ジ況ンヤ弥齋ニ不宣

丁丑元月下浣

菊軒白

惠来ノ珍葉信ニ受感華ク筆浄ハ致享

扇二把汗呈題ニ

大拙翁詩卷

今代騒壇将唯

公獨擅名詩成八又卒目

智五言城態度春毛麗

清和廟慕鳴何當文宗

餘重見制長鯨

丁丑歳元下浣

朝鮮學士權菊軒

承テ　下

権学立菊軒詩伯題ニ小詩ヲカ委二　光調

之ヲ以テ克陽關之乙鳴ニ

東西遊ブ宦客中木識才ヲ名ヅ那

出テ京ヲ送テ

君ヲ歌ヒ漕株國中ニ依ヒ賀ニ炙焼かいステ

詩ヲ鳴シ萬里克ニ鶴榮旋著錦鯨ニ

月正十又九日

石凹稿

寅奉ス

依テ使ニ之ヲ遄損眈ヲ　新唱并草経八幅

黄扇弌握ヲ玲惠ニ之座各ノ領ニ雅意ヲ蔵

刻是レ荷ノ鑿言私昌勝拙一味一章遅

効ノ祖選牽加ニ點竄ヲ昨一日眈一句余ニ之

藁書許借惟祈匹ス名ニ彩鸞一膽

寫ス手泚筆竢テ耳勿ニふ乞

十九日　　石大拙啓

菊軒詩伯

敬復ス

大枓尊公足下

續峯二

佳什莊誦スラ数回　無ニ由テ仰喻ニ行色忩ニ

不得更奉ヲ

芝宇悵之不自惟須珍重千萬時因風

便お惠涵者ヲ　　篠軒忙子

正德元_辛_卯年林鐘吉辰

田中庄兵衞壽梓

조선삼관사수화

朝鮮三官使酬和

호행 승려들과의 창수시
『조선삼관사수화(朝鮮三官使酬和)』

　　통신사를 통한 양국 문인들의 교류는 1682년에 갑자기 활발하게 되어 회를 거듭할수록 기하급수적으로 증가하였다. 조선은 이미 과거제도가 정착되었고 한문을 공식적인 문어로 사용하고 있을 뿐 아니라 중국과도 상시적인 교류 관계에 있었기 때문에 한문을 사용하는 것 자체가 자연스럽고 당연한 것이었다. 그러나 일본은 가차문자이기는 해도 자신들의 표기체계인 가나가 있었기 때문에 한문은 외국어의 일종으로 생각했다. 에도 막부 성립 후 한문을 통해 지식을 습득하는 일군의 무리가 등장하였다. 선진지식은 주로 중국에서 들어왔고 중국의 서적을 읽으려면 한문 능력이 필요했기 때문에, 새로운 지식 계층이 등장했던 것이다. 이런 한문지식층이 증대되었던 18세기에 들어서야 필담창화집도 늘어나게 되었던 것이다. 아직 한문학 분야의 초창기였던 17세기에는 조선 문사를 상대할 일본 문사가 매우 적었기 때문에 필담창화집도 현전하는 것이 많지 않다.

　　에도막부의 4대 쇼군인 도쿠가와 이에쓰나[德川家綱]의 즉위를 축하하기 위해 1655년 효종은 통신사를 파견하였다. 정사 조형(趙珩), 부사

유창(兪瑒), 종사관 남용익(南龍翼)은 4월 20일 한양을 출발하여 이듬해 2월에 귀국하였다. 이들은 6월 15일에 쓰시마 번으로 들어갔는데, 이 때 쓰시마 도주 일행이 마중을 나왔다. 이곳에서 세 사신은 중달(中達) 과 소백(紹栢)이라는 승려를 만났다. 국서위조 사건이 폭로된 후 막부 에서는 3년 주기로 교토 오산 소속의 승려를 쓰시마의 이정암(以酊庵) 에 부임시켰는데, 이것을 이정암윤번제(以酊庵輪番制)라고 한다. 중달 과 소백도 이런 경로로 파견된 교토의 승려로, 통신사를 호행하여 에 도를 거쳐 닛코산까지의 왕복 여정을 함께 하였다.

교토 오산의 승려들은 전통적으로 한문에 익숙한 교양인들이었다. 한문을 쓰는 외교문서도 이들이 관장하였다. 긴 여정 동안 사신들과 함께 하면서 시를 주고받는 경우가 많았다. 중달과 소백 역시 세 사신 들과 시를 주고 받았는데,『조선삼관사수화』는 이 당시 창수시 76편을 차례대로 기록한 것이다.

남용익의『부상록(扶桑錄)』에 중달(中達)에 대해서는 "이번에 배행한 자이다. 용모가 추하고 비루하다. 사람됨이 괴상하다. 시도 역시 그 사람 같아서 되지 않은 말이 많지만 스스로 잘한다고 여겨 단점을 모 른다.[卽今番陪行者也 容貌麤陋 爲人詭怪 其詩亦如其人 多有不成說話 而自以 爲能 不知疵病]"라고 하였고, 소백(紹栢)에 대해서는 "역시 이번에 배행 한 자이다. 사람됨이 소략하고 행동거지가 경솔하다. 시 역시 서툴러 서 볼만한 것이 없다. 그러나 인사를 조금 알고 단점을 없애려고 한 다.[亦今番陪行者也 爲人空疎 擧止輕率 詩亦庸拙 無可觀 而稍解人事 欲去疵病] 라고 하였다. 양국의 미묘한 문제로 갈등을 일으키는 경우가 종종 있 었기 때문에 박한 평을 하지 않을 수 없었던 것 같다.

　　1655년은 막부의 외교문서를 담당했던 하야시 라잔[林羅山]을 중심
으로 하야시케[林家]의 필담 기록이 단편적으로 남아있을 뿐이다. 그
런데 『조선삼관사수화(朝鮮三官使酬和)』는 필사본이기는 하지만 하야
시케 이외의 인물들이 조선 사신들과 창화한 시를 하나의 창화집으로
엮여있다는 점에서 매우 희귀하다고 할 수 있다. 언제 누가 필사했는
지 알 수 있는 단서가 없고, 다른 종류의 이본도 존재하지 않는다. 현
재 동경도립도서관(東京道立圖書館) 특별구매문고(特別購買文庫)에 소장
되어 있다.

조선삼관사수화

갑자기 한 수를 지어 삼관사(三官使)께 드리다
卒賦一絶奉呈三官使

중달(中達)[1]

맑은 모습 처음 보고 반가운 눈 크게 뜨니   初見淸容先眼靑
겹겹 바다 통신사행 머나먼 길 수고했네   遠勞通信汎重溟
덕의 광채 두루 비쳐 고하가 없으시니   德光遍處無高下
천상과 인간 세상 해·달·별이 빛나도다   天上人間日月星

---

1 중달(中達) : ?~1661. 일본 건인사(建仁寺) 제 300대 주지를 역임했다. 자는 구엄(九嚴)으로 알려져 있다. 1655년 통신사행을 호행했던 승려이다.

구암상인²의 시에 차운하다
奉次九巖上人高韻

취병(翠屛)³

잠깐의 만남에도 반가운 눈 느껴지니 頃盖霎眸已覺青

겹겹 바다 건너 온 일 모두 다 잊었다오 都忘前路有層溟

염주알 물에 비쳐 맑은 광채 환한데다 摩尼照水清曜彩

화당(華堂)에 사신들이 함께 모여 있음에랴 况復華堂會使星

구암노사의 시에 차운하다
走次九巖老師韻

추담(秋潭)⁴

바다 위 첩첩한 산 점점이 푸르고 海上重巒點點青

흰 구름이 천리 뻗어 큰 바다를 나누네 白雲千里隔滄溟

---

2 구암상인 : 중달(中達)을 가리킨다. 본래 구엄상인(九嚴上人)으로 알려져 있는데, 이 본에서 오기한 것으로 보인다. 원본을 살려 이하 구암(九嚴)으로 놓아 둔다.

3 취병(翠屛) : 조형(趙珩, 1606~1679)으로, 본관은 풍양(豊壤). 자는 군헌(君獻), 호는 취병(翠屛)이다. 1626년(인조 4) 별시문과에 병과로 급제했으나 파방되고, 1630년 식년 문과에 병과로 급제하여 예문관대교를 거쳐 사국(史局)으로 옮겼다. 1651년(효종 2) 사은 사(謝恩使)의 서장관으로 북경에 다녀왔고, 1655년 대사간이 되어 일본에 통신사로 다녀 왔다. 사행록으로《부상일기(扶桑日記)》를 남겼다.

4 추담(秋潭) : 유창(兪瑒, 1614~1690)으로, 본관은 창원(昌原). 자는 백규(伯圭), 호는 추담(楸潭)이다. 1635년(인조 13) 생원이 되고, 1650년(효종 1) 증광문과에 을과로 급제, 1653년 세자시강원 설서를 거쳐 이듬해에 지평(持平)이 되었다. 1655년 통신부사로 일본 에 다녀오고, 동부승지·충청도관찰사에 이어 1662년(현종 3) 우부승지에 임명되었다. 본래 추담(楸潭)이 맞으나, 이 본에서 오기한 것으로 보인다. 원본을 살려 이하 추담(秋 潭)으로 일단 놓아둔다.

아마도 오늘 밤에 묵는 배 하늘 위로   只應今夜舟霄上
기성 두성 모인 남쪽 객성까지 모였다네   箕斗南躔會客星

구암장로의 시에 차운하다
奉次九巖長老韻

호곡(壺谷)[5]

섬에 솟은 봉우리엔 끝나지 않는 푸름   嶋上峯巒未了靑
유월에 외딴 배로 창해를 건넜네   孤舟六月渡滄溟
술잔 두고 주옥 같은 시 구절에 답 하려니   樽前欲報瓊琚贈
문성 옆에 있는 객성 도리어 부끄럽네   却愧文星傍客星

다시 구암의 시에 차운하며 화답하기를 청하다
更次九巖韻要和

호곡

신선 산이 옹기종기 눈앞에 푸르고   仙山簇簇眼中靑
나그네 길 푸른 바다 만리 길 아득하네   客路蒼茫万里溟

---

5 호곡(壺谷) : 남용익(南龍翼, 1628~1692)으로, 본관은 의령(宜寧), 자는 운경(雲卿), 호는 호곡(壺谷)이다. 1646년(인조 24) 진사가 되고 1648년 정시문과에 병과로 급제한 뒤, 시강원설서·성균관전적과 삼사를 거쳐, 병조좌랑·홍문관부수찬 등의 요직을 역임하였고, 잠시 경사도사로 좌천되었다가 다시 삼사로 돌아왔다. 1655년(효종 6) 통신사의 종사관으로 일본에 파견되었다.

별천지에 머문 하루 얼마나 행운인가　　　　　何幸別區留一日
규성(奎星)⁶ 있는 자리에 세 객성이 부끄럽네　却慚奎次會三星

다시 화답하다
再和

중달(中達)

고국의 봉우리들 푸름 흠뻑 배어나니　　　　故國數峯縱送青
돌아갈 때 돛단배가 훌쩍 바다 넘으리라　　歸帆他日早超溟
시인이여, 거친 시가 졸렬하다 웃지 마소　　騷人莫笑野詩拙
솜씨 달라 청하려고⁷ 우저(牛渚) 별에 빌려하오⁸　乞巧相期牛渚星

---

6 규성(奎星) : 이십팔수(二十八宿)의 하나이다. 백호칠수(白虎七宿)의 첫째로, 문운(文運)을 맡는다고 한다.

7 솜씨 달라 청하려고 : 중국의 옛날 풍습에 칠석날 견우와 직녀가 만날 때 부녀자들이 색실을 두르고 칠공침(七孔鍼)을 쓰고 뜰에 실과(實果)를 진설해 놓고 솜씨를 좋게 해달라고 빌었다고 한다. 《荊楚歲時記》

8 우저(牛渚) 별에 빌려하오 : 우저(牛渚)는 안휘성(安徽省)에 있는 서강(西江) 한 지역을 가리키는 지명으로, 이백(李白)의 〈야박우저회고(夜泊牛渚懷古)〉의 배경이 되는 곳이다. 전설에 따르면, 이백이 이곳에서 달을 잡으려 물에 뛰어들어 죽었다고 한다. 우저(牛渚) 별이란 이백을 가리키는 것으로, 시 짓는 솜씨를 달라고 이백에게 빌겠다는 의미이다.

첩운하여 구암께 보이고 화답시를 구하다
疊韻奉示九巖求和教

추담

바리때 안 기이한 빛 푸른 연잎 빛나는데[9]	鉢中奇彩照蓮靑
만 리 바다 함께 하니 얼마나 행운인가	何幸同浮万里溟
훗날 밤 외딴 배가 창해 밖에 가게 되면	池夜孤舟滄海外
선사께서 공연히 두우성을 마주하리	與師空對斗牛星

다시 화답하다
再和

중달

잔치 자리 풍경에 한 가득 산 푸르고	賓筵風景滿山靑
머리 돌려 멀리 보니 만 리 뻗은 깊은 바다	回首遙望方里溟
늙은 몸이 좋은 손님 대하기 부끄럽소	衰老堪慚對淸客
귀밑 털 여름에도 눈빛이 성성하오	鬢天夏雪又星星

---

9 바리때······ 빛나는데 : 진(晉)나라 때 천축(天竺)의 중 불도징(佛圖澄)이 바리때에 물을 채운 다음 향을 피우고 주문을 외우자 바리때 속에 파란 연꽃이 나타나서 빛났다고 한다.《晉書 卷95 佛圖澄傳》

첩운하여 구암도인께 드려서 화답시를 구하다
奉贈九巖道人邀和

취병(翠屛)

앞에 있는 큰 바다는 넓고도 넓고	大海前臨濶
뒤에 감싼 뭇 산들은 짙푸르구나.	群山後擁靑
가사 입은 시승(詩僧)을 마주했더니	伽梨對韻釋
규벽(奎璧)¹⁰에 문성(文星)이 찬연하구나	奎璧燦文星
도(道)의 공부 두루두루 계승하셨고	道氣偏敎襲
높은 명성 익숙하게 들어왔다네	高名愜所聆
양춘곡(陽春曲)¹¹을 화답 시로 남겨주시니	陽春實和曲
우매함을 깨우친 듯 웃음만 나네	却笑醉昏醒

차운하다
次韻

중달(中達)

멋진 시엔 산 풍경이 그대로 있고	佳句奪山色
좋은 솜씨 푸른 바다 잘도 옮겼네	俊才欺海靑
아침에는 간원(諫院)에서 글을 쓰더니¹²	朝天題諫院

---

10 규벽(奎璧) : 규수(奎宿)과 벽수(璧宿)의 병칭으로 문운을 주관하는 별이다.

11 양춘곡(陽春曲) : 전국 시대 초(楚)나라의 가곡 이름으로, 이를 제대로 창화(唱和)하는 이가 수십 인에 불과하였다고 한다. 남이 흉내 내기 어려운 고상한 시가(詩歌)를 가리킨 다. 《昭明文選 卷45 對楚王問》

12 아침에는…… 쓰더니 : 조형(趙珩)이 대사간(大司諫) 벼슬에 있는 것을 표현한 말이다.

한낮에는 시성(詩星) 되어 나타났다네	亭午現詩星
사신께서 멀리까지 이름이 나서	官使名傳遠
이 늙은이 오랫동안 귀 기울였지	瞶翁久側聆
알겠구나, 고향 꿈이 짧다는 것을	料知歸夢短
새벽이면 종소리에 깨고 만다네	必被曉鐘醒

외람되이 시를 지어 조선 삼관사께 드리고 첨삭을 빌다
叨裁鄙詩以呈朝鮮三官使大人座右伏乞郢斤

소백(紹栢)[13]

세 사신이 건너와서 해동(海東) 가를 지나가니	三官來過海東邊
줄지은 의관들로 잔치 자리 찬연하네	粲粲衣冠列綺筵
맹약 의례 화목하고 바른 모습 볼 만했고	盟禮可觀和且正
우리들은 다행히 좋은 인연 만났다네	吾濟幸遘此良緣

삼가 무원 동당의 맑은 시에 차운하다
敬次茂源東堂清韻

취병(翠屏)

큰집들 높고 높은 깨끗한 해변에	厦屋渠渠除海邊
세 사신이 온 곳마다 화려한 잔치 자리	三星來處敞華筵

---

13 소백(紹栢) : ?~?. 중달과 함께 세 사신을 배행한 승려로, 호는 무원(茂原)이다.

단란한 이 날의 진실로 좋은 모임 團圓此日眞良會
술잔 드니 알겠네, 오랜 인연 때문인 걸 對酌吾知是宿緣

즉석에서 무원 노사의 시에 차운하다
席上走次茂源老師韻

추담(秋潭)

먼 하늘 푸른 바다 끝없이 펼쳐있고 長天碧海共無邊
해와 달과 문성(文星)이 잔치자리 비추네 日月文星照客筵
그대와 진실로 우연히 만났지만 與爾相逢眞邂逅
전생 인연 때문인 걸 비로소 알았다오 始知佳會有前緣

붓을 달려 무원화상의 시에 차운하다
走次茂源和尚韻

호곡(壺谷)

은하수에 배 띄운 아득한 바닷가 銀漢星槎渺海邊
염주의 광채가 손님 자리 비추네 尼珠寶彩照賓筵
길손의 만 리 길에 시흥이 없었는데 行人万里詩無興
신선과 반 달 인연 우연히 맺었다네 偶得仙家半月緣

다시 무원 장로의 시에 차운하고 화답을 바라다
再次茂源長老韻求和

추담(秋潭)

만 리 길 외로운 배 푸르른 바다 가에	万里孤槎碧海邊
거울 같은 도인 마음 손님 자리 마주했네	道人心鏡對賓筵
일광산(日光山)[14]에 이르러야 갈 길이 끝나지만	日光山下行應盡
여기 오자 벌써부터 오랜 인연 깨달았네	至此方知有宿緣

다시 추담 관사 대인에게 창수하다
再酬秋潭官使大人

소백(紹栢)

아쉽구나, 햇빛은 서쪽으로 옮아가니	惜哉日景易西邊
기이하게 천 리 길에 풍류 같이 하였다네	千里奇逢風雅筵
술 있고 시 있어 흥취는 끝없으니	有酒有詩無盡興
세속 인연 따위야 이런 때 잊고 말지	當時忘却世塵緣

---

14 일광산(日光山) : 현 일본 도치기[栃木] 현에 있는 산으로 덕천가강[德川家康, 도쿠가와 이에야쓰]의 사당인 동조궁(東照宮)이 있다. 제 4차부터 6차까지의 세 차례 사행에 걸쳐 이 곳을 참배하였다.

다시 무원의 시에 차운하고 화답을 바라다
更次茂源韻要和

호곡(壺谷)

해 지는 저 끝에 고향 땅이 있을 텐데	回望家鄕落日邊
화려한 잔치 촛불 꺼지도록 못 있겠네	不堪殘燭照華筵
우리들이 삼신산 길 다 밟고 다녔으니	吾行踏盡三山路
못 다한 전생 인연 있었던 게 분명하네	定是前生未了緣

다시 호곡 관사 대인에게 창수하다
再酬壺谷官使大人

소백(紹栢)

내 집은 저 멀리 낙산 가에 있으니	吾廬遠在洛山邊
성대한 이 잔치에 함께할 줄 알았으랴	何料今陪此盛筵
맑디맑은 창화시는 옥 같은 보답이니	淸絶和篇瓊玖報
깊은 정은 당연히 오랜 인연 때문이리	深情應是舊因緣

무원 상인에게 드리다
奉贈茂源上人

취병(翠屛)

잣나무 성품 본디 외롭고 곧아	栢性元孤直
이름을 사모하는 마음 높았네	玗名慕意高
맑고도 여윈 모습 학인가 싶고	淸羸疑是鶴

호쾌함에 뛰어남을 더욱 알겠네	豪爽更知髦
나도 몰래 어느새 술에 취하니	不覺醇醪醉
잔치 자리 탐낸 자신 부끄러웠네	還慚讌會叨
흥겨워서 자리를 이내 재촉해	興來仍促席
다 함께 시 읊으며 즐겁게 노세	同賦喜遊遨

관사 취병 대인의 아름다운 시에 화답하여 드리다
奉和官史翠屏大人芳韻

소백(紹栢)

여름 날 한가로이 모임 가지니	夏日閑中會
바람 속에 서늘한 기운 높구나	薰風凉氣高
술잔 앞에 술 못하는 손님이 없고	樽前無惡客
자리에는 모두 다 뛰어난 인재	席上盡賢髦
깊은 뜻은 거듭해서 통역하지만	深意俱重譯
새로 지은 시에는 필요 없다네	新詩更不叨
이제부터 동무(東武)까지 가는 동안에	從此東武路
이름다운 경치들 맘껏 즐기길	佳境任嬉遨

구암 장로에게 부쳐 화답을 구하다 을미년 6월 하순
奉寄九巖長老求和 乙未季夏下浣

추담(秋潭)

중달 스님 명성을 들은 지 오래	達老聞名久

일본의 남쪽에서 와주셨다네	飛笻自日南
구름 속 한가롭게 자취 숨기고	雲霞雙蠟屐
천지를 하나의 가람 삼았네	天地一伽藍
이조선사 혜가의 풍모 멀어도	二祖祭風遠
삼지(三支)[15]의 묘도를 참고한다네	三支妙道參
푸른 바다 위에서 우연히 만나	相逢滄海上
맑은 거울 꺼낸 듯 기쁜 눈 하네	青眼鏡開函

부사 추담이 보배로운 노래를 먼저 지어 화답시를 구하니 가
만히 있지 못하고 다만 책임만 면하여 못남을 드러낼 뿐이다
副使秋潭賦寶倡見需拙和不獲黙止塞其責而以露醜耳

중달(中達)

이름 난 큰 새가 삼천 리 나니	名翼三千里
붕새가 남쪽 왔다 모두 말하네	僉言鵬徙南
이백(李白)을 쫓는 듯한 문장의 광채	文章光逐李
남전(藍田)의 옥[16] 같은 훌륭한 명성	美譽玉生藍
어리석고 비루하게 타고났지만	分上愚而陋

---

15 삼지(三支) : 후한(後漢) 때 월지국(月氏國)에서 온 지참(支讖), 지량(支亮), 지겸(支
謙)을 가리킨다. 당시에 "천하에 박식하고도 깊이 알기론 삼지를 벗어나지 못한다.[天下
博知 不出三支]"라고 하였다.

16 남전(藍田)의 옥 : 남전(藍田)은 중국 섬서성(陝西省)에 있는 지명으로, 예로부터 좋은
옥이 나기로 유명했다. 남전의 옥은 명문가 출신의 인재를 비유하는 말로 쓰인다. 《三國
志 卷64 吳書 諸葛恪傳》

선을 닦는 여가에 시를 지었네 　　　　　　　禪餘詩老參

산에는 뜬 구름 바다에는 달 　　　　　　　　山雲兼海月

묘사한 시구 몇 편 읊어두어나 　　　　　　　想像幾吟函

구암 장로에게 드리고 화답을 구하다
奉贈九巖長老要和

　　　　　　　　　　　　　　　　　　　　호곡(壺谷)

가섭[17] 같은 보배 뗏목[18] 우러러 보며 　　　寶筏瞻迦葉

범패(梵唄) 소리 밀려오는 아름다운 절 　　　琳筵聽唄潮

초(楚) 땅과 월(越) 땅처럼 취향 멀지만 　　　襟期寧楚越

시어는 태전(太顚)[19]과 참요자(參寥子)[20] 같네 　韻語卽顚廖

트인 기개 걸리는 봉우리 없고 　　　　　　　氣豁峯無礙

맑은 얘기 덤벼드는 더위가 없네 　　　　　　談淸暑不驕

내 가는 길 아득한 고해겠지만 　　　　　　　吾行迷苦海

---

17 가섭 : ?~?. 마하가섭(摩訶迦葉)으로, 석가(釋迦)의 십대 제자 가운데 첫 번째로 꼽
　힌다.

18 보배 뗏목 : 보벌(寶筏)로, 불법(佛法)을 가리키는 불교용어이다. 불법이 중생(衆生)에
　게 생사고해(生死苦海)를 건네주는 것이기 때문에 뗏목에 비유한 것이다.

19 태전(太顚) : 732~824. 당나라 때 고승이다. 719년 영산(靈山)에 절을 짓고 참선하였
　는데, 법을 전한 문인이 천 명이 넘었다. 한유(韓愈)가 조주자사(潮州刺史)로 좌천되었을
　때, 그를 초청해 10여 일간 같이 지낼 정도로 가깝게 지내, 불교를 추숭한다고 오해를
　받을 정도였다고 한다.

20 참요자(參寥子) : 도잠(道潛, 1086~1099)으로, 호는 참요자(參寥子)이다. 송나라 때
　승려로, 소식(蘇軾)과 시를 주고받은 것으로 유명하다. 저서로《참요자집(參寥子集)》이
　있다.

피안에서 돛대를 멈추게 되리　　　　　　　　　彼岸且停橈

호곡대인이 시를 훌륭한 시를 보여주어 외람되게 화운하여 드리다
壺谷大人賦貫華見示漫奉和其高韻

중달(中達)

내가 사는 절 마을은 낙수 너머라　　　　　　　蘭挐依隔洛

솔바람이 조수(潮水)를 못 건넌다네　　　　　　松吹不通潮

옛날 모습 생각하면 태공망[21]이요,　　　　　　憶昔呂望尙

평소의 모습은 소백료(召伯廖)[22]였네　　　　　平居召伯廖

누선에서 신기루 현상 보았고　　　　　　　　　樓船看蜃現

해안에는 큰 자라 교량 있었네　　　　　　　　海岸有黿驕

세파가 험한 것은 어쩔 수 없어　　　　　　　　無奈世波險

악포(鄂浦)로 가는 배를 나는 보내네　　　　　我呈鄂渚橈

21　태공망 : 태공망 여상(太公望呂尙)으로, 제(齊)의 초대 군주이다. 주 문왕(周文王)에게
　　발탁되어 문왕의 아들 무왕(武王)의 패업(覇業)을 도왔다.

22　소백료(召伯廖) : ?~?. 춘추 시대 소국(召國)의 군주로, 주 혜왕(周惠王)으로 사자
　　로서 제(齊)나라에 파견되어 제환공(齊桓公)을 맹주로 임명하였다. 《春秋左氏傳 壯公
　　27年》

무원 장로에게 드리며 화답을 구하다
奉寄茂源長老求和

추담(秋潭)

한나라 사신 배 처음 닻 내려	漢槎初繫纜
무원 스님 있는 곳에 닿게 되었네	逢着茂源僧
속세 떠난 학처럼 여윈 자태에	瘦若超塵鶴
물속의 얼음처럼 깨끗하였네	清如出水氷
우담바라 패엽경을 환히 비추고	曇花明唄葉
보배 뗏목 황금 줄로23 이끄는 구나	宝茂引金繩
뜰 앞에 측백나무24 본래 있으니	自有庭前栢
대승(大乘)25을 물을 필요 무에 있으랴	何須問大乘

---

23 황금 줄로 : 이구(離垢)라는 나라에는 땅이 유리로 되어 있고 팔교도(八交道)가 있는데, 황금 줄로 경계를 지어놓았다고 한다. 이구는 속세의 번뇌를 벗어났다는 의미이다. 《法華經》

24 뜰 앞의 측백나무 : 당나라 때 조주선사(趙州禪師)에게 한 승려가 "달마조사(達磨祖師)가 서쪽에서 온 까닭이 무엇입니까?"라고 묻자 "뜰 앞의 측백나무다.[庭前栢樹子]"라고 대답하여, 이것이 참선의 화두로 여겨졌다고 한다.《宋高僧傳 卷11》

25 대승(大乘) : 대승(大乘)이란 '큰 수레'를 뜻하는 범어 마하야나(Mahāyāna)의 한역어로, 자리이타행(自利利他行)의 표상인 보살(Bodhisattva) 사상을 추구하는데 보살정신의 핵심은 자신이 피안(깨달음의 세계)으로 건너 가기 전에 다른 모든 존재들을 먼저 피안으로 건너게 한다는 '이타행'에 있다. 《한국민족문화대백과》

7월 25일 추담 대인께 새 시운을 드리다
七月二十五日奉塵秋潭大人新詩韻

소백(紹栢)

천리 멀리 벼슬길에 노니는 손님	千里窟遊客
좋은 시로 노승을 위로해주네	好詩慰老僧
담백한 사귐은 마치 물 같고	淡交猶若水
맑은 풍모 얼음에서 나오는 듯해	清風出於氷
빛나게 패옥과 상아를 차고	粲粲佩觿玉
말마다 규범을 갖추고 있네	言言有矩繩
먼저 달을 담아버린 가을 연못은	秋潭先得月
기이한 밤 당연히 흥겨울 테지	奇夜興須乘

무원 장로에게 드리며 화답을 바라다
奉贈茂源長老要和

호곡(壺谷)[26]

혜일(慧日)[27]은 사계(沙界)[28]를 두루 밝혀서	慧日明沙界
참선하는 가지마저 선방(禪房) 둘렀네	禪枝繞翠房
시어에서 나물 죽순 느낌 안 나도	語無蔬筍氣

---

26 호곡(壺谷) : 원문에는 이 이름이 보이지 않으나 남용익의 『부상일록』에 따르면 호곡의 시이므로, 첨가한다.

27 혜일(慧日) : 불교어로, 일체를 두루 비추는 부처의 지혜를 가리키는 말이다.

28 사계(沙界) : 불교어로, 항하(恒河)의 모래 수만큼이나 많은 세상을 가리키는 말이다.

옷에는 한 가득 자욱한 구름	衣有靄雲光
그대는 영산[29] 길을 가리키지만	指點靈山路
이내 몸은 고해에서 부침한다네	浮沈苦海航
비온 뒤라 더위가 사그라지고	雨餘殘暑退
목서화의 향기[30]를 맡을 수 있네	聊問木犀香

7월 25일 호곡대인의 옥 같은 시에 화답하다
七月二十五日和壺谷大人玉詩

동당소백(東堂紹栢)

고금의 현철한 선비 중에는	古今賢哲士
글 잘 하는 무인도 많이 있었지	武事出文房
맑은 운치 가을 음률 만들어내고	淸韻生秋律
예의(禮儀)는 나라의 영광 높였네	禮容增國光
천 리 멀리 국서를 옮겨오느라	遠齎千里簡
앉아서 큰 바다를 건너 왔다네	來坐大洋航
국화도 혜초(蕙草)도 아니건마는	非菊又非蕙
새 시에 글자마다 향기가 나네	新詩字字香

---

29 영산 : 영취산(靈鷲山)으로, 석가모니가 설법했던 곳이다.

30 목서화의 향기[木犀香] : 어떤 사람이 황룡회당선사(黃龍晦堂禪師)에게 법을 물었더
　 니, 선사는 "뜰 앞에 있는 목서화의 향기를 맡았는가?"라고 하였다. "향기를 맡았습니다."
　 라고 대답하니, "그러면 더 말할 것 없다."라고 하였다고 한다. 《五燈會元 卷17》

세 사신께 부치다
寄三官使

중달(中達)

오늘 밤에 맑은 말씀 없을 수가 있겠는가	今宵淸語豈成空
각자 읊은 시마다 맑은 풍경 뚜렷하네	各自哦詩晴景濃
사신들의 재주 명성 북두성을 바라보니	官使才名瞻北斗
노승은 하릴 없이 서풍만을 기다리네	老僧閑事待西風
입구31 아래 오래 있을 생각이 없었으니	不圖宿立龜山下
조선 땅에 있는 꿈 지금 꾸고 계시리	定是夢朝鮮國中
만 리 길 구름 없이 둥그런 달이 뜨고	萬里無雲一輪月
물 위에 뜬 하늘과 땅 물과 같은 빛이네	乾坤浮水水光同

여행길의 회포
旅懷

오늘 여관 창밖으로 새로 비 내려	今日旅窓新雨
7년 가뭄 겪다가 소생하는 듯	似蘇七年旱天
가을 볕 잊고서 기러기 소식 오고	忘秋熱有來雁
괴로운 장기(瘴氣)에도 실족하는 솔개 없네	苦瘴霧無跕鳶
벽오동 낙엽 소리 틀림없으니	更不誤碧梧落
마음속에 이어지는 청산 보이네	心得看靑山連

---

31 입구(立龜) : 대마도 엄원[嚴原, 이즈하라]에 있는 바위 이름이다.

선창의 비야리성 어른³² 방에는　　　　　　　　　　蓬底毘耶丈室

3만 2천 손님을 들일 수 있네³³　　　　　　　　　　宜客三萬二千

은봉이 쓴 경운사³⁴ 시에 화답하다
和隱峯題慶雲寺韻

중달(中達)

절집 한 채 속세의 기운을 끊었으니　　　　　　蘭拏一宇絶塵氛

승려들 공부하며 부지런히 정진하네　　　　　　衲子工夫精進勤

번개 같이 빠른 재주 솜씨를 부리니　　　　　　掣電俊機勞手段

밀물 같은 범패 소리 귀와 맘에 들어오네　　　激潮梵唄入心聞

가없이 넓은 공간 조선에 가깝고　　　　　　　無邊刹境朝鮮近

오래된 지류는 조계(曹溪)³⁵에서 나뉘었네　　末派古川曹水分

보배 거울 높이 달려³⁶ 간악함을 비추고　　　寶鏡高懸等奸醜

다섯 개의 깃발은 임금 신하 줄 세우네　　　　旌旗五位列臣君

---

32 비야리성 어른 : 불법에 정통한 인물을 가리킨다. 본래 유마힐(維摩詰)을 가리키는데,
비야리성(毘耶離城)에 살았기 때문이다.

33 3만 …… 있네 : 유마힐(維摩詰)의 방은 매우 넉넉하여 9만 명의 보살과 3만 2천 개의
사자좌(獅子座)가 들어가도 비좁지 않았다고 한다. 《華嚴經》

34 경운사(慶雲寺) : 일본 대마도(對馬島)의 엄원(嚴原)에 있던 절이다. 《日本往還日記》

35 조계(曹溪) : 선종(禪宗) 남종(南宗)의 별칭이다. 육조(六祖) 혜능(慧能)이 조계의 보
림사(寶林寺)에서 설법을 펼쳤기 때문에 생긴 이름이다.

36 보배 거울 높이 달려 : 관리가 매우 공명정대하게 공무를 집행함을 가리킨다. 옛날 밝
은 거울이 하나 있었는데 사람의 오장육부가 비칠 정도여서 병이 어디 있는지 볼 수 있
고 사악한 마음을 가진 자에게 비추면 쓸개가 커지고 심장이 뛰었다고 한다. 《西京雜記
卷3》

종루에선 슬금슬금 늦은 시간 향해 가고 　　樓鐘緩度窮幽邃
경전을 읽던 끝에 저녁 햇빛 물러가네 　　經卷讀殘麾夕曛
달 밝고 바람 맑아 바닥까지 드러나고 　　月白風淸現成底
좋은 구름 조각조각 해동의 구름일세 　　慶雲片片海東雲

7월 28일 남도에서 못난 시 한 편을 사신 세 분께 드리고 청주 한 병을 곁들이다
七月二十八日於藍嶋狂斐一章奉呈三官使各位下副以靑州一壺

중달(中達)

사신 세 분 한 잔씩 하시라 말 올리니 　　寄語三官盡一盃
예로부터 객수를 씻기에 좋았다오 　　古來宜掃客愁來
조선국이 때때로 꿈속에 보였고 　　時時入枕朝鮮國
야마대[37] 곳곳마다 수레를 멈추었지 　　處處停軸野馬臺
시 읊는 책상 이제 승경 따라 옮기니 　　吟案今隨佳境轉
먼 길 떠날 돛일랑 역풍에 펴지 마오 　　遠帆莫向逆風開
가장 먼저 생각난 건 대인들의 은덕이니 　　思量最是大人德
세 분들의 향기는 7월의 매화 같네 　　各自馨香七月梅

---

37 야마대 : 야마대(野馬臺)는 일본을 가리키는 말로, 야마토[倭]를 음차한 표현이다.

구암의 시운을 쓰다
九巖高韻

취병(翠屏)

너른 바다 굽어보고 술잔처럼 여겼지만	俯臨滄海如小杯
자비심에 같이 건너 거울 같은 곳에 왔네	却伴慈航鏡裏來
만 리 길 나그네 맘 고국 찾아 헤매고	萬里羈懷迷故國
천추에 남은 한에 황량한 대 찾아왔네	千秋遺恨訪荒臺
봄 햇빛에 반짝반짝 포도는 농익고	春光瀲灩葡萄漲
맑은 시가 쟁쟁하게 예봉을 펼치네	淸韻鏗鏘寶劒開
주인의 진중한 뜻 고맙고 고마우나	多謝主人珍重意
매실 보며 갈증 참 듯 짐작이나 할 뿐이네	淺斟聊慰渴思梅

구암 스님이 처음 시를 가지고 찾아와 차운하여 사례하다
九巖老師初詩來訪奉次謝之

추담(秋潭)

현묘한 용 한 마리 작은 잔에 숨어 있어[38]	妙道藏龍着小杯
스님이 부를 때면 기쁘게 나왔다오	每逢鳴錫惠然來
고해를 함께 넘어 신선 자취 따랐고	同超苦海追仙迹
자비로운 뱃길 넘어 함께 옛 대 찾았도다	共泛慈航訪古臺

---

38 현묘한······ 숨어 있어 : 당나라 때 서역에서 온 섭공(涉公)이라는 승려가 도가 신묘하여, 가뭄이 들 때마다 빌면 신룡이 바리때에 내려오고 곧 비가 내렸다고 한다. 《高僧傳 卷11 涉公》

두보의 마음 씀을 누가 기려 헤아릴까 　　　子美襟期誰贊討
한유의 흉중을 신령 빌려 열어 보네 　　　退之胸次賴靈開
포은 선생 일찍이 일본으로 가셨는데 　　　圃翁曾向扶桑去
읊어보네, 그 당시 판잣집과 매화 시³⁹를 　　爲詠當年板屋梅

구암 장로의 시에 바삐 차운하다
走次九巖長老韻

호곡(壺谷)

다정하고 고운 시에 깊은 술잔 곁들이고 　　多情綺語帶深盃
여관에서 시승(詩僧)을 기쁘게 맞이했네 　　旅館欣逢韻釋來
자취는 기이하여 서복 무덤 못 찾았고 　　異躅難尋徐福墓
기이한 유람 다시 패가대⁴⁰로 이어지네 　　奇遊更續覇家臺
자라 섬⁴¹ 아침 해는 삼신산서 나오고 　　鼇頭瑞旭三山出
학이 등 진 좋은 바람 만 리에 부는구나 　　鶴背祥飈萬里開
정성스런 주인 덕에 나그네 취했으니 　　珍重主人能醉客

---

39 판잣집과 매화 시 : 정몽주(鄭夢周, 1337~1392)는 1377년 고려사신으로서 일본을 방문한 적이 있는데, 이 때 지은 시 가운데 "매화 피는 창가라서 봄빛 이르고 판잣집이라서 빗소리 더욱 시끄럽네.[梅窓春色早, 板屋雨聲多。]"이라는 구절이 나온다. 《圃隱集 卷1 洪武丁巳奉使日本作》

40 패가대(覇家臺) : 현재 일본 규슈[九州]에 있는 지역인 하카다[博多]를, 조선시대 음차해서 표기한 명칭이다.

41 자라 섬 : 일본을 가리킨다. 옛적에 동해 가운데 산이 있었는데 뿌리가 없어서 이리저리 떠다니므로 천제(天帝)가 여섯 마리 자라를 시켜 머리에다 산을 이고 있게 하였다는 데서 비유적으로 일컬을 것이다.

옥 소반에 양매(楊梅)를[42] 차릴 필요 있으랴	玉盤何必薦楊梅

보잘 것 없는 시를 지어 석호 학사에게 부치다
謾賦野詩寄石湖學士

소백(紹栢)

사신 길이 멀리부터 수천 역을 지났는데	宦遊迢遞數千程
계림에 난 명성을 일찍부터 들었네	曾聽雞林播美名
섬 위에서 만나니 우리 모두 나그네라	島上相逢齊是客
시구에 온갖 정을 담아서 부친다네	聊將詩句寄五情

무원 스님의 법안(法案)에 차운하여 드리다
奉次卽呈茂源法案

석호(石湖)[43]

가을 든 바닷가에 바쁜 일정 막혔는데	海門秋色滯嚴程
오시는 스님마다 명성을 우러렀네	奉奉禪客仰盛名
선실 다락 촛불 아래 서로 바싹 앉아서	燭照柁樓仍促席
한 바탕 술잔 드니 깊은 정 들었다네	一場樽酒是深情

---

42 옥 소반에 양매(楊梅)를 : 이백(李白)의 〈양원음(梁園吟)〉에 "옥 소반에 양매를 그대 위해 차렸으니 오나라 소금 꽃 같아서 흰눈처럼 하얗구나.[玉盤楊梅爲君設, 吳鹽如花皎白雪.]"라는 구절이 나온다. 양매는 열매 이름으로 자두와 비슷한 크기로 붉은 색이다.

43 석호(石湖) : 이명빈(李明彬, 1620~?)으로, 자는 문재(文哉), 호는 석호(石湖)이다. 1655년 독축관(讀祝官)으로 일본에 다녀왔다.

앞 운을 써서 학사에게 수응하다
用前韻酬學士

소백(紹栢)

유가에는 주돈이(周敦頤)와 정자(程子)가 있었는데	儒門曾記有周程
일본에서 학사 이름 이제야 알게 됐네	桑域今知學士名
우리 재주 서툴고 도가 비록 다르지만	吾輩踈才雖道異
나누는 정이야 인정과 다를손가	交情豈復戾人情

다시 동당(東堂)에 화답하다
再和東堂

석호(石湖) 씀

겹겹 바다 구만 리는 붕새의 여정인데	層溟九萬大鵬程
늙은 스님 어진 선비 명망이 나란하네	老師賢生共齊名
시어에 나물 죽순 느낌 없다[44] 뉘 말했나	誰道語無蔬筍氣
술 따르며 시 논하니 세속의 정 아니로세	尊酒論詩不世情

---

44 나물 죽순 느낌 없다 : 소식(蘇軾)이 승려인 참요자(參寥子)의 시에 대해 "나물 죽순의
느낌이 안 나는 것을 아낀다.[愛其無蔬筍氣]"라고 평하여, 참요자가 이 때문에 시를 잘한
다는 명성을 얻게 되었다고 한다. 나물 죽순의 느낌[蔬筍氣]는 채식을 하는 승려의 분위
기를 가리킨다.《遺山先生文集 卷37 木庵詩集序節錄》

풍주(豊州)[45]에서 준인명신(隼人明神)[46]에 쓰다
於豊州題隼人明神

중달(中達)

본주(本州)의 가을 물에 흰 갈매기 앞에 있어	元州秋水白鷗前
오랑캐와 중원 풍광 바뀐 듯도 하구나	夷夏風光易地然
신사(神祠)의 신령 자취 오래됨을 기억하니	記得神祠靈跡古
두 소나무 바닷가에 누운 지가 이 천년	二松偃海二千年

세 통신사께 드리다 8월 12일 아미타사[47]에서
奉呈 三官大人座右 八月十二日於阿弥寺

중달(中達)

바다 위에 오랫동안 지체했으니	海上淹留久
어느 때 갔다가 돌아가려나	何時歸去來
하루아침 궁궐을 하직하고서	一朝辭北闕
천 리 길 동래부로 출발하였지	千里望東萊
물결이 믿음을 통해주는데	遮莫潮通信

---

45 풍주(豊州) : 예전 일본 행정구역상 풍전국(豊前國)과 풍후국(豊後國)을 합해서 부르 던 별칭이다. 현재의 후쿠오카[福岡] 오이타[大分] 현 일대에 있었다.

46 준인명신(隼人明神) : 현재 일본 규슈의 모지[門司]에 있는 메가리[和布刈] 신사의 옛 날 이름이다. 신사의 기록에 따르면 신공황후(神功皇后)의 삼한정벌(三韓征伐) 후 이를 모시기 위해 세워졌다고 한다.

47 아미타사(阿彌陀寺) : 통신사의 숙소로 쓰이던 절이다. 현재 일본 시모노세키[下關] 아카마[赤間] 신궁의 안덕천황(安德天皇)의 능 옆에 있던 절이었으나 메이지 유신 후 신 불분리 정책에 따라 폐사되고 천황사(天皇社)가 되었다가 현재의 아카마 신궁이 되었다.

어찌하여 바람은 방해를 하나 　　　　　　　胡爲風作災

인재가 무성한 곳에 계시니 　　　　　　　　人才騰茂處

삼공(三公) 자리 오를 이라 할 수 있겠네 　　可謂是三槐

얼큰하게 취한 자리에서 구암상인의 시운을 따라 쓰다
席上酣步九巖上人韻

취병(翠屛)

이 길을 어느 때야 다 갔다 오나 　　　　　此路幾時盡

가을 되니 철 기러기 돌아오누나 　　　　　秋色旅鴈來

달빛은 하늘에 높이 걸렸고 　　　　　　　蟾光懸碧落

뱃머리 봉래 땅 가까이 있네 　　　　　　　鷁首近壺萊

산 넘고 물 건너 천리 길 오니 　　　　　　跋涉千尋路

마가 끼어 열흘간 묶여 있다네 　　　　　　戲魔十日灾

외물에 부림 당한 평생의 일이 　　　　　　平生形役地

남가일몽(南柯一夢)[48]이란 걸 알게 되었네 　　知是夢南槐

---

48 남가일몽(南柯一夢) : 옛날 순우분(淳于棼)이라는 사람이 낮잠을 잤는데 꿈에 대괴안
국(大槐安國)의 공주(公主)에게 장가를 들어 남가 태수(南柯太守)가 되어 2년 영화를 누
리다가 꿈을 깨고 보니 먹던 술병이 그대로 있었는데, 꿈에 갔던 곳을 찾으니 대괴안국은
곧 집 남쪽에 있는 늙은 괴목(槐木)의 남쪽 가지 밑에 있는 개미의 구멍이었다고 한다.
《南柯太守傳》

미타사에서 구암 상인의 시에 차운하다
弥陀寺次九巖老師韻

추담(秋潭)

바닷길 나그네가 배 멈춘 곳에	海客停槎處
산에 사는 스님이 맞이해 주네	山人杖錫來
맑은 호수 별과 달이 비추고 있고	澄湖照星月
신선 세계 봉래산과 접해 있다네	仙界接蓬萊
영험하다 말하는 탑 하나 있어	一塔稱靈異
천년 세월 땅의 재앙 피해왔다네	千秋辟地灾
뜬 구름 같은 인생 본디 꿈인 걸	浮生元是夢
이번에 또 남가일몽 꾸고 있을 뿐	此役又南槐

미타사에서 구암 노사의 시에 차운하다
弥陀寺次九巖老師韻

호곡(壺谷)

중추절 이르니 달빛이 좋고	月到中秋好
북극에서 사람이 찾아 왔다오	人從北極來
시 맑으니 혜원(惠遠)⁴⁹와 지둔(支遁)⁵⁰ 만난 듯	詩清逢惠遁

---

49 혜원(惠遠) : 334~416. 속성(俗姓)은 가(賈)로, 남북조 시대의 고승이다. 정토종(淨土宗)의 초조(初祖)로 추존되었다. 여산(廬山) 동림사(東林寺)에서 못에 흰 연꽃을 심어놓고 여러 높은 선비들과 결사(結社)하여 염불을 하였는데, 이를 백련사(白蓮社)라 하였다.

50 지둔(支遁) : 314~366. 자는 도림(道林)으로, 동진(東晉)의 명승(名僧)이다. 청담(淸

경치 좋아 영주(瀛洲)와 봉래(蓬萊) 가깝네   境勝近瀛萊

깨달음의 굴에서 정진하였고   慧窟偯閑靜

위험한 길에서는 재앙 없앴네   危途闢障災

훗날에 만약 서로 생각한다면   他年倘相憶

순우분의 남가일몽 흡사하리라   應似夢淳槐

다시 앞의 시에 차운하여 세 통신사 대인께 드리다
再次前韻呈三官大人

중달(中達)

태평한 시대에는 세 별 나타나   聖代三星現

예로부터 덕의 광채 비춰왔다네   德輝照古來

행차할 길 풀과 가시 제거했으나   官道除草棘

옛 사당은 잡초에 덮여있구나   遺廟沒蒿萊

연회를 베풀어서 흥에 겹지만   設宴雖乘興

신령 빌어 재난을 피해야 겠네   祈靈欲避災

오랜 세월 급제하는 상서로움에   多年登第瑞

기쁜 빛이 황괴에[51] 가득하구나   喜色滿黃槐

談)이 유행하던 시기에 노장(老壯)에 정통하였고 불학(佛學)도 깊었으며, 초서와 예서에
능했다.

51 황괴에 : 황괴(黃槐)는 노란 홰나무 꽃으로, 노랗게 필 때가 과거시험을 볼 때이므로
과거응시자들이 바빠진다고 하는 속어가 있다.

구암의 미타사 시에 나중에 차운하다
追步九巖 弥陀寺韻

예로부터 왜국 땅에 통할 적에는	自昔通和地
지금처럼 사신의 행렬 왔었네	如今杖節來
달나라는 옥 거울 비춰 주었고	蟾宮瞻玉鏡
사행 길은 봉래섬을 향해 있었네	槎路指瀛萊
험난한 길 마땅히 계율 지키고	涉險宜存戒
더딘 여정 근심을 하지 않았네	遲行不心災
놀랐네, 임금 곁을 떠난 지 오래	只驚辭陛久
가을빛이 뜰 홰나무 가득하구나	秋色滿庭槐

취병(翠屛)

약 캐러 온 진나라 동자들 길을	採藥秦童迹
왕명 받고 한나라 사신이 왔네	承綸漢使來
인자하신 하늘은 비 잘 내려서	仁天均雨露
마른 땅이 황무지를 면하게 됐네	燥土免汚萊
간직한 옥52 제값을 해줘야 하나	櫝玉應酬價
유가 경전 재가 될까 두렵기만 해	籯金怕作災

---

52 간직한 옥 : 숨겨둔 재주를 가리킨다. 자공(子貢)이 묻기를, "여기에 미옥(美玉)이 있다면, 독에 넣어 간직해야 합니까, 충분한 값을 받고 팔아야 합니까?" 하니, 공자가 "팔아야지. 팔아야지. 나는 팔리기를 기다리는 자이다."라고 하였다.《論語 子罕》

깃발 돌려 가는 날을 말하지 말라   休論旋旆日

겨울 괴목 태울까 걱정스럽네   恐火取冬槐

미타사에서 구암 노사의 시에 차운하다
弥陀寺次九巖老師韻

추담(秋潭)

불탑은 징관[53]이 만든 것 같고   塔疑澄觀造

산은 혹시 비래봉[54]이 날아온 건가   山或是飛來

속세와 달라서 정열(貞烈) 흠모해   殊俗欽貞烈

그 당시에 잡초 헤쳐 절을 세웠네   當年闢山萊

어찌 하면 가을 기도 효험이 있어   爭秋禱有驗

바닷길에 재앙 없게 할 수 있을까   能使海無災

황홀하게 정령이 존재하는 듯   恍惚精靈在

달빛 파도 오래 된 괴목 비추네   金波映古槐

---

53 징관(澄觀) : 737~838. 속성은 하후(夏侯), 자는 대휴(大休), 사호(賜號)는 청량국사
  (清涼國師)이다. 화엄종의 4조이다. 장안화엄사(長安華嚴寺)에 청량국사탑(清涼國師
  塔)이 있다.

54 비래봉(飛來峰) : 중국 소흥(紹興)에 있는 산으로 정상에 있는 응천탑(應天塔)이 유명
  하다.

호곡(壺谷)

흰 연꽃 핀 사원에 모여 있는데	白蓮精舍會
어느 누가 혜원법사(慧遠法師) 보내 왔는가	誰遣遠師來
세상에선 유도(儒道) 불교(佛敎) 따져대지만	世却論儒釋
자연풍광 방장산(方丈山)과 봉래산(蓬萊山) 같네	煙霞說丈萊
네 가지 훌륭함에[55] 즐거움 깊고	歡深俱四美
삼재를 피할 만한 빼어난 경지	境絶避三災
묻노니 그대 뜰 앞 측백나무[56]가	爲問爾庭柏
우리들의 홰나무 시장[57]만 한가	何如吾市槐

15일 저녁 통신사 대인에게 드리고 화답을 구하다
三五之夕寄信使大人求和

중달(中達)

사이좋은 이웃 나라 일본과 계림이	善隣日域與鷄林
중추절이 마침 닿아 함께 시를 읊었네	偶值中秋相共吟

---

55 네 가지 훌륭함에 : 좋은 때[良辰], 아름다운 풍경[美景], 유쾌한 마음[賞心], 즐거운
   일[樂事]의 네 가지를 가리킨다.《昭明文選 卷30 謝靈運 擬魏太子鄴中集詩八首序》
56 뜰 앞 측백나무 : 당나라 때 조주선사(趙州禪師)에게 한 승려가 "달마조사(達磨祖師)가
   서쪽에서 온 까닭이 무엇입니까?"라고 묻자 "뜰 앞의 측백나무다.[庭前栢樹子]"라고 대
   답하여, 이것이 참선의 화두로 여겨졌다고 한다.《宋高僧傳 卷11》
57 홰나무 시장 : 한나라 때 장안(長安)에 있던 저자로, 서생들이 거래를 하던 곳이다.
   홰나무가 많아서 괴시(槐市)라는 명칭이 붙었다. 나중에는 학사(學舍)나 학궁(學宮)을
   일컫는 말로 쓰이게 되었다.

천 리에 같은 풍속 유교 불교 도교니   千里同風儒釋道
달 둘러 싼 세 별은 예나 제나 같구나   三星繞月古來今

구암 상인의 시에 차운하다
次九巖上人韻

취병(翠屛)

누각 있는 나그네들 모두다 문인이라   樓中槎客摠詞林
밝은 달 맑은 하늘 마음대로 읊는구려   皓月淸霄漫費吟
시승의 새 시에 곳곳마다 화운하니   韻釋詩新隨處和
긴 여정에 그릴 경치 여기만이 아니겠지   長程寫景匪斯今

구암 노사의 시에 차운하다 을미 중추절
次九巖老師韻 乙未中秋之望

추담(秋潭)

수국(水國)의 가을바람 귤나무 숲 흔들리고   水國秋風動橘林
누선의 피리 소리 용의 울음 배웠구나   樓船玉篴學龍吟
포은 선생 지난 자취 물 가운데 달 비치니   圃翁陳迹波心月
여전한 맑은 빛은 고금을 비춘다네   留與淸光照古今

우리나라 포은 정 선생이 고려 말에 통신사로 왔기 때문에 말한 것이다.

구암 스님의 시에 차운하여 보이다
次巖師韻示韻

호곡(壺谷)

그대 마음 도림[58]에 가까운 게 어여쁘니	憐爾寸情逼道林
현도[59] 만날 때마다 좋은 시를 낭비하네	每逢玄度費高吟
마음을 열었으니 차이 논할 필요 없고	開襟不必論同異
달 대하니 하필이면 고금을 물을 손가	對月何須問古今

8월 12일 밤 아미타사에서
八月十二夜阿弥陀寺卽

소백(紹栢)

미타사 저녁 무렵 비갠 뒤 선명한데	彌陀寺畔晚晴鮮
팔월 보름 사흘 밤을 앞둔 지라 흥이 나네	興在秋望三夜前
가지각색 맑은 풍경 작은 눈에 들어오고	清意多般寸眸裏
바다에는 달이 뜨고 하늘에는 바다 떴네	月浮滄海海浮天

---

58 도림(道林) : 지둔(支遁, 314~366)으로, 자는 도림(道林)이다. 동진(東晉)의 명승(名僧)이다. 청담(淸談)이 유행하던 시기에 노장(老莊)에 정통하였고 불학(佛學)도 깊었으며, 초서와 예서에 능했다.

59 현도(玄度) : 허순(許詢, ?~?)으로, 자는 현도(玄度)이다. 동진(東晉) 때 문학가이다. 불교를 좋아하였고 평생 벼슬하지 않았다. 지도림(支道林), 사안(謝安) 등과 교유하였고, 왕희지(王羲之)의 난정(蘭亭) 모임에도 참여하였다.

다시 앞의 운을 써서 통신사 대인께
再用前韻酬官使大人

같음(同)

손님께서 달 읊으니 달이 유독 곱디곱고	佳賓吟月月偏鮮
나그네 시름은 한 통 술에 홀연 잊게	忽忘羈愁一榼前
깊은 마음 가까울 때 막힘없이 이해되니	深意近時理無礙
하늘 너머 다른 나라 사람이라 하지 마오	莫言異域隔雲天

또 한 편
又

같음(同)

따져보면 일본과 조선은 마찬가지	揆同日域與朝鮮
시 짓고 술 마시며 크게 웃고 즐긴다네	一笑盡歡詩酒前
여기부터 강동(江東)까지 천 리 먼 길 가는 동안	從此江東千里路
저 멀리 흰 구름 뜬 하늘만 바라보리	迢迢望殺白雲天

무원 상인의 시에 바삐 차운하다
走次茂源上人韻

취병(翠屛)

| 구름 걷힌 가을 하늘 비 갠 경치 선명하고 | 雲捲秋空霽景鮮 |
| 둥근 달의 찬란한 빛 술잔 앞을 비추네 | 玉輪揚彩映樽前 |

즐거운 오늘 밤 단란히 함께 모여   交歡今夜團圓會

흔들리는 촛불 속에 바다 하늘 노래하네   殘燭憧憧詠海天

무원 화상의 미타사 시에 나중에 차운하다
追次茂源 弥陀寺韻

같음(同)

중추절 마침 만나 달빛이 선명하고   中秋正值月華鮮

게다가 염주 구슬 눈앞을 비추네   更有魔尼照眼前

맑은 밤에 백련사[60] 모임을 이뤘으니   清夜仍成蓮社會

시 읊는 소리가 대낮까지 진동하리   詩聲應動日光天

또 한 편
又

같음(同)

별천지 풍경은 저녁 되니 더욱 고와   別區光景晚來鮮

먼 데서 온 나그네 옛 탑 앞에 배 멈췄네   遠客停橈古塔前

뜰 앞의 측백나무 현묘한 말 들었으니   栢樹探玄聞妙語

공중의 꽃비[61]가 여러 세상 내리겠네   半空花雨下諸天

---

60 백련사(白蓮社) : 혜원선사(慧遠禪師)가 여산(廬山) 동림사(東林寺)에서 못에 흰 연꽃
을 심어놓고 여러 높은 선비들과 결사(結社)하여 염불을 하였는데, 이를 백련사(白蓮社)
라 하였다.

미타사에서 무원 노사 시에 차운하다
弥陀寺次茂源老師韻

추담(秋潭)

가을 하늘 비에 씻겨 온통 전부 깨끗하고	秋空雨洗十分鮮
고시 읊는 앞으로 바다의 달 처음 뜨네	海月初昇古詩前
모르겠네, 이 경지가 어떠한 세계인지	不識此間何境界
영주산(瀛洲山) 위에는 짙푸른 하늘이네	瀛洲山上蔚藍天

또 한 편
又

같음(同)

영취산[62]의 붉은 구름 개고 나니 더욱 곱고	鷲嶺紅雲霽更鮮
기원[63]의 시승과 술잔 두고 마주했네	祇園韻釋對尊前
맑은 하늘 물색은 묘사하기 어려우니	淸霄物色難收拾
그림 속의 강산인 듯 별천지와 같구나	畵裏江山別一天

---

61 꽃비 : 부처가 설법할 때에는 하늘에서 분타리화(芬陀利花)등 네 가지 꽃이 비 오듯 한다고 한다.

62 영취산(靈鷲山) : 인도(印度) 중산(中山)의 이름으로, 석가가《화엄경(華嚴經)》을 설법한 산이다.

63 기원(祇園) : 기원정사(祇園精舍)의 약칭으로 승사(僧舍)를 가리킨다.《불국기(佛國記)》에 의하면, 인도(印度)의 수달장자(須達長者)가 일찍이 세존(世尊)의 공덕(功德)을 듣고는 세존을 매우 존경한 나머지, 정사(精舍)를 건립하여 세존으로 하여금 그곳에 내림(來臨)하게 하였다고 한다.

미타사에서 무원 화상의 시에 차운한 절구 세 편
弥陀寺次茂源和尚韻三絶

호곡(壺谷)

사찰의 맑은 밤에 달빛이 고운데	上方淸夜月華鮮
한 섬 술로 순우곤을[64] 촛불 앞에 잡아두네	樽酒留髡秉燭前
귤 숲에 바람 부니 가을빛이 무르익고	風動橘林秋色老
물새가 다 날아가니 물이 하늘 같구나	渚禽飛盡水如天

또 한 편
又

같음(同)

옹기종기 신선 산이 비갠 뒤에 고운데	簇簇仙山雨後鮮
등불 아래 술 잔 세며 청담을 나누네	酒籌談塵一燈前
주렴을 걷어 올려 맑은 물을 굽어보니	開簾俯瞰澄澄水
부상 만 리 하늘에 밝은 달 떠 있구나	月在扶桑萬里天

---

64 한 섬 술로 순우곤을 : 전국시대 제나라의 순우곤(淳于髡)은 재변이 뛰어났는데, 술자리가 끝나도 주인이 유독 순우곤만을 만류하여 얘기를 나누었고 순우곤은 한 섬 술을 더 마셨다고 한다. 《史記 卷126 淳于髡列傳》

또 한 편
又

같음(同)

서강의 물결은 본디부터 맑고 고와	西江水派自澄鮮
보배 뗏목 처음으로 피안에서 멈추었네	寶筏初停彼岸前
일 년 중 밝은 달은 오늘 밤이 제일이니	明月一年今夜最
거울 속 하늘에 법운(法雲)65이 다 걷혔네	法雲開盡鏡中天

주방(周防) 상관(上關)66에서 달을 읊어 세 통신사 대인에게 드리다
周防 上關賦月呈三官大人

소백(紹栢)

잠기지 않은 관문, 파도 없는 바다에	關門不鎖水無波
가을 느낀 나그네는 생각 더욱 많아지네	行客賞秋心轉多
사장의 부67 포조의 시68 모두 달을 읊었으니	謝賦鮑詩俱翫月

---

65 법운(法雲) : 불법(佛法)을 가리키는 불교어로, 불법은 구름 같아서 일체를 다 덮을 수 있으므로 비유적으로 표현한 말이다.

66 주방(周防) 상관(上關) : 현재 야마구치[山口] 현 남동부에 있는 지역이다. 세토나이 해[瀨戶內海] 서부의 짐을 검사하던 곳인 상관(上關)이 설치되어 있어서 생긴 이름이다. 주방(周防)은 현재 야마구치 현 동남부 반을 차지하던 일본 행정구역상의 명칭이다.

67 사장의 부 : 사장(謝莊, 421~466)은 자가 희일(希逸)이고, 중국 육조(六朝) 시대의 유명한 문인이다. 그가 지은 《월부(月賦)》는 남조(南朝)의 대표적인 영물부(詠物賦)로 평가된다.

68 포조의 시 : 포조(鮑照, 414~466)는 자가 명원(明遠)이고, 참군(參軍) 벼슬을 하였으므로 포참군(鮑參軍)으로 불린다. 육조시대의 정화를 모아 당시에 영향을 끼쳤다고 평가

누선(樓船)의 오늘밤에 흥취가 어떠한가   樓船今夜興如何

같음(同)

언덕 굽이 배 멈추고 날씨를 점쳤더니   停船曲岸卜陰霽
한밤중에 달이 밝고 구름 안개 걷혔어라   半夜月明雲霧收
햐얀 기운 옷에 가득 눈이 왔나 의심되고   潔白盈衣疑有雪
바다에 뜬 둥근 달은 구슬 던진 듯하네   圓光浮海似投球
동정호의 경치가 주방에 모였으니   洞庭景聚防州畔
분포(盆浦)[69]에 가을 든 줄 일본서도 알겠구나   日域今知盆浦秋
상관(上關)과 하관(下關)의 문 잠그지 않고 두니   上下關門元不鎖
달빛은 곳곳마다 동쪽 물결 따르네   嫦娥處處逐東流

무원 상인의 시에 차운하다
次茂源上人韻

취병(翠屛)

하늘 걸린 옥루와 파도 없는 바다라   玉樓橫空海不波
신선 고을 물색을 자주 읊게 되는구나   仙區物色入吟多

받는 시인이다. 달을 읊은 《낭월행(朗月行)》이 유명하다.
69 분포(盆浦) : 현재 중국 장시성[江西省]에 있는 강 이름으로, 당나라 백낙천(白樂天)이
    강주 사마(江州司馬)로 귀양갔을 때 그 지방을 분포(湓浦)라 하였다. 이곳에서 《팔월십오
    일야분정망월(八月十五日夜湓亭望月)》 등의 시를 지어 외로운 나그네의 회포를 읊었다.

먼 길 온 손 가을 되니 감상에 더욱 젖어 　　逢秋遠客偏添感
달 밝고 바람 맑은 좋은 밤엔 어떻겠나 　　月白風淸良夜何

높은 누대 멀리 멀리 창공에 기대어 　　高樓迢遞倚長空
가볍게 들렸는데 신선 바람 불어오네 　　輕擧翩然閬苑風
만 리의 파도와 달 한 가지 빛이라 　　萬里銀蟾同一色
신선 따라 옥경(玉京)에 들어간 듯하구나 　　擬追仙侶玉京中

돌아가는 저물녘 배를 대고 누대 올라 　　歸舟晩泊上危樓
푸른 바다 굽어보니 멋진 경치 모였구나 　　俯瞰滄溟勝槩收
달빛은 엇비껴서 펼쳐 놓은 비단 같고 　　桂影參差疑布練
옥 피리 맑은 곡조 옥경(玉磬)와 화합하네 　　玉簫淸轉愜鳴球
선조70의 사신 부절 현포71에서 맞이하고 　　仙曹絳節邀玄圃

---

70 선조 : 중국 당(唐)나라 때 상서성(尙書省)에 속해 있던 각 부의 조(曹)를 가리키는
별칭으로, 조정의 관원을 두루 가리키게 되었다.
71 현포 : 선인(仙人)이 사는 곳을 가리킨다. 곤륜산(崑崙山)에는 세 등급이 있는데, 제일
아래가 번동(樊桐)으로 일명 판송(板松)이고 두 번째가 현포(玄圃)로 일명 낭풍(閬風)이
고 세 번째가 층성(層城)으로 일명 천정(天庭)인데 천제가 사는 곳이라고 한다.《水經注
卷2 河水》

봉래섬의 맑은 안개 가을이 한창이네　　　　　蓬島晴烟接素秋
오늘 밤 원규(元規)⁷²는 세속 벗은 흥이 이니　　此夜元規飛逸興
함께 온 스님들이 모두 다 시인이네　　　　　同來釋子盡詩流

무원 노사의 시에 차운하다
次茂源老師韻

　　　　　　　　　　　　　　　　　　　　추담(秋潭)

이슬 씻긴 맑은 가을 하늘 궁전 텅 비었고　　　露洗淸秋玉宇空
긴 모래 벌 어느 저녁 빈풍(蘋風)⁷³이 일어날까　長洲何夕起蘋風
봉래산 신선께서 맞이하러 와주시니　　　　　蓬萊羽客來相迓
안개 속에 생황 통소 소리가 들리는 듯　　　　髣髴笙簫杳靄中

　　　　　　　　　　　　　　　　　　　　같음(同)

만 이랑 유리 바다 흰 파도가 가로질러　　　　萬頃琉璃橫素波
오늘 밤 밝은 달이 한 해에 가장 밝네　　　　今霄明月一年多

---

72 원규(元規)：원규(元規)는 진(晉)나라 때 태위(太尉)를 지낸 사람으로, 무창(武昌)에
있을 때 부하였던 은호(殷浩)와 왕호지(王胡之) 등이 남루(南樓)에서 놀다가 원규를 보고
피하려고 하자 "제군들은 잠시 기다리라. 이 늙은이도 여기에 흥이 적지 않다."라고 말하
며 함께 어울려 즐겁게 놀았다고 한다. 《世說新語 卷下 容止》
73 빈풍(蘋風)：전국 시대 초(楚)나라 송옥(宋玉)의 〈풍부(風賦)〉에 "바람은 땅에서 생겨
나 푸른 개구리밥의 뾰족한 잎에서 일어난다.[夫風生於地, 起於靑蘋之末]"라고 하였다.

중선루(仲宣樓)⁷⁴ 위에는 원룡(元龍)⁷⁵이 호기로워   仲宣樓上元龍氣

술까지 있으니 안 마시고 어쩌랴   有酒其如不飲何

같음(同)

바다 밖에 이런 누각 있을 줄 누가 알랴   海外誰知有此樓

신선께서 내게 준 글 금낭(錦囊)에 간직하네   仙人餉我錦囊收

사신 배에 함께 타서 청구(青丘) 부절 잡았으니   星槎共把青丘節

문장에서 나는 빛을 우연이라 하지 마오   文彩休稱赤水球

천 길 높이 굽은 난간 달빛을 먼저 받고   千尺曲闌先得月

오경의 외로운 손 가을에 제일 놀라   五更孤客最驚秋

무성한 고운 시어 끊임없이 이르니   叢林綺語聯翩至

시의 샘물 급류처럼 쏟아지니 괴이하네   怪爾詞源倒峽流

74 중선루(仲宣樓) : 현재 중국 호북성(湖北省)에 있는 당양현(當陽縣)의 성루로, 건안칠
자(建安七子) 가운데 한 사람인 왕찬(王粲)이 이 곳에서《등루부(登樓賦)》를 지었으므
로, 그의 자를 따서 중선루(仲宣樓)라고 불리게 되었다. 시인이 시정을 펴는 장소를 대표
하는 곳으로 쓰인다.

75 원룡(元龍) : 원룡(元龍)은 삼국 시대 위(魏)나라 진등(陳登)의 자로, 호기가 많았다.
허사(許汜)가 유비(劉備)에게 "옛날 원룡을 찾아갔었는데, 원룡이 자기는 큰 침상에 눕
고, 나는 아래 작은 침상에 눕게 하더라."라고 하자, 유비가 "그대의 말을 채택할 만한
것이 없었으므로, 원룡이 싫어해서 그런 것이다. 내가 찾아갔으면 나를 백척루에 눕히고,
그대는 맨땅에 눕도록 했을 것이다."라고 하였다 한다.《三國志 卷7 魏書 陳登傳》

다시 무원 스님 시에 차운하여 절구 2수를 짓다
更次源師二絕

호곡(壺谷)

밝은 달 곱고 고와 푸른 물에 일렁이니	明月娟娟漾綠波
일 년 중에 밝은 달 이 밤이 제일이네	一年明月此宵多
술잔 든 채 물어도 달은 말이 없으니	停盃問月月無語
이 누각에 가득 찬 밝은 달을 어찌하랴	奈此滿樓明月何

같음(同)

뉘라서 은 다리[銀橋]를 푸른 공중 걸쳤던고[76]	誰把銀橋駕碧空
깊은 밤에 신선 피리 바람 타고 울리네	夜闌笙鶴響涼風
천주봉(天柱峯)에 홀로 기대 밝은 달 구경하니[77]	獨憑天柱翫明月
세속에는 몇 명이나 비 맞고 있는 건지	多少世人陰雨中

---

76 은 다리를 …… 걸쳤던고 : 중추절에 당 현종(唐玄宗)이 달구경을 하고 있는데 나공원(羅公遠)이라는 술사(術士)가 지팡이를 공중에 던지자 은 다리가 되어 당 현종을 모시고 월궁(月宮)에 가서 〈예상우의곡(霓裳羽衣曲)〉을 듣고 돌아왔다고 한다.《夢溪筆談 卷5 校證 樂律》

77 천주봉(天柱峯)에 …… 구경하니 : 구화산(九華山)의 도사 조지미(趙知微)가 비 오는 밤에 제자들에게 "오늘 밤에 천주봉(天柱峯)에 달을 구경하러 가자."라고 하니, 제자들이 반신반의하면서 따라 나섰다. 천주봉에 올라가서 달을 구경하고 술을 먹고 놀다가 내려왔더니 산 아래에는 여전히 비바람이 치고 있었다고 한다.《歲時廣記 卷2 中秋 登天柱》

무원 스님의 중추에 회포를 읊은 시에 차운하다
次源師中秋書懷韻

한 줄기 피리 소리 누각에 들려오고	一聲長笛倚高樓
봉래산 가렸더니 저녁 안개 걷혔구나	蓬島微茫暮靄收
교녀(鮫女)[78]의 베틀에는 옥 북 소리 울리고	鮫女織機鳴玉杼
신선의 패물(佩物)에는 푸른 구슬 찰랑이네	羽人環佩響蒼球
발 걷으니 삼경의 달 가장 사랑스럽고	開簾最愛三更月
고국 떠난 만 리 길에 유독 가을 슬프네	去國偏傷萬里秋
오직 도림(道林)[79]만이 이 마음을 알기에	唯有道林知此意
자주 시구 지어와서 풍류를 도와주네	慣將詩句助風流

아비담(阿毘曇)[80] 관음 게송 한 편을 써서 세 사신께 보여드리다
題阿毘曇觀音一偈書以奉備三官大人之高覽

일본의 높은 누각 시험삼아 살펴보면	試看桑域有樓岑

---

78 교녀(鮫女) : 물속에 산다는 전설 속의 인어를 가리킨다. 물속에 살면서 비단을 짜는데, 물에서 나와서 인가에 부쳐 살며 며칠 동안 비단을 팔고 돌아갈 때는 진주 눈물을 흘려 그릇 가득 담아 집주인에게 준다고 한다. 《博物志 卷9》

79 도림(道林) : 지둔(支遁, 314~366)으로, 자는 도림(道林)이다. 동진(東晉)의 명승(名僧)이다. 청담(淸談)이 유행하던 시기에 노장(老莊)에 정통하였고 불학(佛學)도 깊었으며, 초서와 예서에 능했다.

80 아비담(阿毘曇) : 석가의 설법에 대한 연구와 해석을 가리키는 말로, 작게는 불교의 경전인 삼장(三藏) 가운데 논장(論藏)을 가리킨다.

이십오원통⁸¹이 고금에 마땅하네　　　　　　五五圓通宜古今

이로부터 솔바람이 범패를 전하리니　　　　　自是松風傳梵唄

보타산(補陀山)⁸² 기슭까지 물결 타고 들리리　　補陀岸畔海潮音

---

81 이십오원통 : 원통(圓通)은 법성(法性)의 실제에 통달한 것을 가리키는 말로,《능엄경
　(楞嚴經)》에 스물다섯 가지의 원통이 설명되어 있다. 이십오원통은 육진(六塵), 육근(六
　根), 육식(六識)이고 여기에 칠대(七大)을 더한 것이다.

82 보타산(補陀山) : 보타산(普陀山)이라고도 한다. 중국 불교 4대 명산 가운데 하나로,
　관세음보살이 중생을 교화시킨 도량이라고 한다.

朝鮮三官使酬和

《卒賦一絶奉呈三官使》中達

初見清客先眼青，遠勞通信汎重溟。德光遍處無高下，天上人間日
月星。

《奉次九巖上人高韻》翠屏

頃盖霎眸已覺青，都忘前路有層溟。摩尼照水清曜彩，況復華堂會
使星？

《走次九巖老師韻》秋潭

海上重蠻點點青，白雲千里隔滄溟。只應今夜舟霄上，箕斗南躔會
客星。

《奉次九巖長老韻》壺谷

嶋上峯巒未了青，孤舟六月渡滄溟。樽前欲報瓊琚贈，却愧文星傍
客星。

《更次九巖韻要和》壺谷

仙山簇簇眠中青，客路蒼范萬里溟。何幸別區留一日？却慚奎次會
三星。

《再和》<u>中達</u>

故國數峯縱送青，歸帆他日早超溟。騷人莫笑野詩拙，乞巧相期<u>生</u><u>渚星</u>。

《疊韻奉示<u>九巖求</u>和教》秋潭

鉢中奇彩照蓮青，何幸同浮萬里溟？池夜孤舟滄海外，與師空對斗牛星。

《再和》<u>中達</u>

賓筵風景滿山青，回首遙望萬里溟。衰老堪慚對清客，鬢天夏雪又星星。

《奉贈九巖道人邀和》翠屏

大海前臨濶，群山後擁青。伽梨對韻釋，奎璧燦文星。道氣偏教襲，高名愜所聆。《陽春》實和曲，却笑醉昏醒。

《次韻》<u>中達</u>

佳句奪山色，俊才欺海青。朝天題諫院，亭午現詩星。官使名傳遠，賾翁久側聆。料知歸夢短，必被曉鐘醒。

《叨裁鄙詩以呈朝鮮三官使大人座右伏乞郢斤》<u>紹栢</u>

三官來過海東邊，粲粲衣冠列綺筵。盟禮可觀和且正，吾濟幸遘此良緣。

《敬次茂源東堂清韻》翠屏

厦屋渠渠除海邊，三星來處敝華筵。團圓此日眞良會，對酌吾知是宿緣。

《席上走次茂源老師韻》<u>秋潭</u>

長天碧海共無邊，日月文星照客筵。與爾相逢眞邂逅，始知佳會有前緣。

《走次茂源和尙韻》<u>壺谷</u>

銀漢星槎渺海邊，尼珠寶彩照賓筵。行人萬里詩無興，偶得仙家半日緣。

《再次茂源長老韻求和》<u>秋潭</u>

萬里孤槎碧海邊，道人心鏡對賓筵。<u>日光山</u>下行應盡，至此方知有宿緣。

《再酬秋潭官使大人》<u>紹栢</u>

惜哉日景易西邊，千里奇逢風雅筵。有酒有詩無盡興，當時忘却世塵緣。

《更次茂源韻要和》<u>壺谷</u>

回望家鄕落日邊，不堪殘燭照華筵。吾行踏盡三山路，定是前生未了緣。

《再酬壺谷官使大人》<u>紹栢</u>

吾廬遠在<u>洛山</u>邊，何料今陪此盛筵？清絶和篇瓊玖報，深情應是舊因緣。

《奉贈茂源上人》<u>翠屛</u>

栢性元孤直，玕名慕意高。清羸疑是鶴，豪爽更知髦。不覺醇醪醉，還慚譾會叨。興來仍促席，同賦喜遊遨。

《奉和官史翠屛大人芳韻》紹栢

夏日閑中會，董風涼氣高。樽前無惡客，席上盡賢髦。深意俱重譯，新詩更不叨。從此東武路，佳境任嬉遨。

《奉寄九巖長老求和》【乙未季夏下浣】　秋潭

達老聞名久，飛筇自日南。雲霞雙蠟屐，天地一伽藍。二祖祭風遠，三支妙道參。相逢滄海上，靑眼鏡開函。

《副使秋潭賦寶倡見需拙和不獲默止塞其責而以露醜耳》中達

名翼三千里，僉言鵬徙南。文章光逐李，美譽玉生藍。分上愚而陋，禪餘詩老參。山雲兼海月，想像梵吟函。

《奉贈九巖長老要和》壺谷

寶筏聰迦葉，琳筵聽唄潮。襟期寧楚、越，韻語卽顚廖。氣豁峯無礙，談淸暑不驕。吾行迷苦海，彼岸且停橈。

《壺谷大人賦貫華見示漫奉和其高韻》中達

蘭挐依隔洛，松吹不通潮。憶昔呂望尙，平居召伯廖。樓船着蜃現，海岸有黿驕。無奈世波險，我呈鄂渚橈。

《奉寄茂源長老求和》秋潭

漢槎初繫纜，逢着茂源僧。瘦若超塵鶴，淸如出水氷。曇花明唄葉，寶筏引金繩。自有庭前栢，何須問大乘？

《七月二十五日奉塵秋潭大人新詩韻》紹栢

千里窆遊客，好詩慰老僧。淡交猶若水，淸風出於氷。粲粲佩觿玉，言言有矩繩。秋潭先得月，奇夜興須乘。

《奉贈茂源長老要和》壺谷

　慧日明沙界，禪枝繞翠房。語無蔬笋氣，衣有靄雲光。指點靈山路，浮沈若海航。雨餘殘暑退，聊問木犀香。

《七月二十五日和壺谷大人玉詩》東堂 紹栢

　古今賢哲士，武事出文房。清韻生秋律，禮容增國光。遠齎千里簡，來坐大洋航。非菊又非蕙，新詩字字香。

《寄三官使》中達

　今宵清語豈成空？各自哦詩晴景濃。官使才名瞻北斗，老僧閑事待西風。不圖宿立龜山下，定是夢朝鮮國中。萬里無雲一輪月，乾坤浮水水光同。

《旅懷》

　今日旅窓新雨，似蘇七年旱天。忘秋熱有來雁，苦瘴霧無跕鳶。更不誤碧梧落，心得看青山連。篷底毘耶丈室，宜客三方二千。

《和隱峯題慶雲寺韻》中達

　蘭拏一宇絶塵氛，衲子工夫積進勤。掣電俊機勞手段，激潮梵唄入心聞。無邊利境朝鮮近，末泒古川曹水分。寶鏡高懸等奸醜，旌旗五位列臣君。樓鐘緩度窮幽邃，維卷讀殘麈夕曛。月白風清現成底，慶雲片片海東雲。

《七月二十八日於藍嶋狂斐一章奉呈三官使各位下副以青州一壺》中達

　寄語三官盡一杯，古來宣掃客愁來。時時入枕朝鮮國，處處停軪野馬臺。吟案順隨佳境轉，遠帆莫向逆風開。思量最是大人德，各自馨香七月梅。

《九巖高韻》翠屏

俯臨滄海小杯如，却伴慈航鏡裏來。萬里羈懷迷故國，千秋遺恨訪荒
臺。春光瀲灩葡萄漲，靑韻鏗鏘寶劍開。多謝主人珍重意，淺斟聊慰渴
思梅。

《九巖老師初詩來訪奉次謝之》秋潭

妙道藏龍着小杯，每逢鳴錫惠然來。同超苦海追仙迹，共泛慈航訪
方臺。子美襟期誰贊討，退之胸次賴靈開。圖翁曾向扶桑去，爲詠當
年板屋梅。

《走次九巖長老韻》壺谷

多情綺語帶深杯，旅舘欣逢韻釋來。異躅難尋徐福墓，奇遊更續覇
家臺。鼇頭瑞旭三山出，鶴背祥飆萬里開。珍重主人能醉客，玉盤何
必薦楊梅？

《謾賦野詩寄石湖學士》紹栢

宦遊迢遞數千程，曾聽雞林播美名。島上相逢齊是客，聊將詩句寄
五情。

《奉次卽呈茂源法案》石湖

海門秋色滯巖程，奉奉禪客卽盛名。燭照柁樣仍促席，一場樽酒是
深情。

《用前韻酬學士》紹栢

儒門曾記有周程，桑域今知學士名。吾輩踈才雖道異，交情豈復戾

人情。

《再和東堂》石湖稿

層溟九萬大鵬程，老師賢生共齋名。誰道語無蔬筍氣？尊酒論詩不世情。

《於豐州題隼人明神》中達

元州秋水白鷗前，夷夏風光易地然。記得神祠靈跡古，二松偃海二千年。

《奉呈 三官大人座右》【八月十二日於阿弥寺】　中達

海上淹留久，何特歸去來？一朝辭北闕，千里望東萊。遮莫潮通信，胡爲風作災？人才騰茂處，可謂是三槐。

《席上酣步九巖上人韻》翠屏

此路幾時盡，秋色旅鴈來。蟾光懸碧落，鶴首近壺來。跋涉千尋路，戲魔十日災。平生形役地，知是夢南槐。

《弥陀寺次九巖老師韻》秋潭

海客停槎處，山人杖錫來。澄湖照星月，仙界接蓬萊。一塔称靈異，千秋辟地災。浮生元是夢，此役又南槐。

《弥陀寺次九巖老師韻》壺谷

月到中秋好，人從北極來。詩清逢惠遁，境勝近瀛萊。慧窟偸閑靜，危途鬪障災。他年倘相憶，應似夢淳槐。

《再次前韻呈三官大人》中達

聖代三星現，德暉照古來。官道除草棘，遺廟沒蒿萊。設宴雖棄眞，祈靈欲避災。多年登第瑞，喜色滿黃槐。

《追步九巖弥陀寺韻》

自昔通和地，如今杖節來。蟾宮瞻玉鏡，槎路指瀛萊。涉險宜存戒，遲行不心災。只驚辭陛久，秋色滿庭槐。

　翠屏

採藥秦童迹，承綸漢使來。仁天均雨露，燥土免汚來。檀玉應酬價，籯金怕作災。休論旋斾日，恐火取冬槐。

《弥陀寺次九巖老師韻》秋潭

塔疑澄觀造，山或是飛來。殊俗欽貞烈，當年闢山萊。爭秋禱有驗，能使海無災？快惚精靈在，金波映古槐。

　壺谷

白蓮精舍會，誰遣遠師來？世却論儒釋，煙霞說丈萊。歡深俱四美，境絕避三災。爲問爾庭栢，何如吾市槐？

《三五之夕寄信使大人求和》中達

善隣日域與鷄林，偶遇中秋相共吟。千里同風儒釋道，三星繞月古來今。

《次九巖上人韻》翠屏

樓中槎客捻詞林，皓月清霄漫費吟。韻釋詩新隨處和，長程鴈景匪斯今。

《次九巖老師韻》【乙未中秋之望】　秋潭

水國秋風動橘林，樓船玉篴學龍吟。圃翁陳迹波心月，留與清光照古今。

我國團圞隱 鄭先生曾於麗末奉使往來故云云

《次巖師韻示韻》壺谷
憐爾才情逼道林，每逢玄度費高長。開襟不必論同異，對月何順問古今。

《八月十二夜阿弥陀寺卽》紹栢
弥陀寺畔晚晴鮮，眞在秋望三夜前。清意多般寸眸裏，月浮滄海浮天。

《再用前韻酬官使大人》同
佳賓吟月月偏鮮，忽忘羈愁一榻前。深意近時理無碍，莫言異域隔雲天。
又。同
揆同日域與朝鮮，一笑盡歡詩酒前。從此江東千里路，迢望殺白雲天。

《走次茂源上人韻》翠屏
雲捲秋空霽景鮮，玉輪揚彩映樽前。交歡今夜團圓會，殘燭憧詠海天。

《追次茂源弥陀寺韻》同
中秋正值月華鮮，更有魔尼照眼前。清夜仍成蓮社會，詩聲應動日光天。
又。同
別區光景晚來鮮，遠客停橈古塔前。栢樹探玄聞妙語，半空花雨下諸天。

《弥陀寺次茂源老師韻》 <u>秋潭</u>

秋空雨洗十分鮮，海月初昇古詩前。不識此間何境界，<u>瀛洲</u>山上蔚藍天。

又。同

鷲嶺紅雲霽更鮮，<u>祇園</u>韻釋對尊前。清霄物色難收拾，畫裏江山別一天。

《弥陀寺次茂源和尚韻三絕》 <u>壺谷</u>

上方清夜月華鮮，尊酒留髡秉燭前。風動橘林秋色老，渚金飛盡水如天。

又。同

簇簇仙山雨後鮮，酒箏談塵一燈前。開簾俯瞰澄澄水，月在<u>扶桑</u>萬里天。

又。同

西江水泒自澄鮮，望筏初停彼岸前。明月一年今夜最，法雲開盡鏡中天。

《周防上關賦月呈三官大人》 <u>紹栢</u>

關門不鎖水無波，行客賞秋心轉多。謝賦<u>鮑</u>詩俱翫月，樓船今夜與如何。

同

停船曲岸卜陰霽，半夜月明雲霧收。潔白盈衣疑有雪，圓光浮海似投球。<u>洞庭</u>景聚<u>防州</u>畔，<u>日域</u>今知盆浦秋。上下關門元不鎖，嫦娥處處逐東流。

《次茂源上人韻》翠屏

玉樓橫空海不波，仙區物色入吟多。逢秋遠客偏添感，月白風淸良夜何？

同

高樓迢遞倚長空，輕奉翩然閬苑風。萬里銀蟾同一色，擬追仙侶玉京中。

同

歸舟晚泊上危樓，俯瞰滄溟勝槩收。桂影參差疑布練，玉簫淸轉悅鳴球。仙曺絳節邀玄圃，蓬島晴烟接素秋。此夜元規飛逸眞，同來釋子盡詩流。

《次茂源老師韻》秋潭

露洗淸秋玉宇空，長洲何夕起蘋風？蓬萊羽客來相迓，髣髴笙簫杳靄中。

同

萬頃琉璃橫素波，今霄明月一年多。仲宣樓上元龍氣，有酒其如不飮何？

同

海外誰有此樓？仙人餉我錦囊收。星槎共把靑丘節，文彩休稱赤水球。千尺曲闌先得月，五更孤客最驚秋。叢林綺語聯翩至，怪爾詞源倒峽流。

《更次源師二絶》壺谷

明月娟娟漾綠波，一年明月此霄多。停盃問月無語，奈此滿樓明月何？

同

誰把銀橋駕碧空？夜闌笙鶴響凉風。獨憑天柱翫明月，多少世人陰雨中？

《次源師中秋書懷韻》

一聲長箋倚高樓，蓬島微茫暮靄收。鮫女識機鳴玉杼，羽人環佩響蒼球。開簾最愛三更月，去國偏傷萬里秋。惟有道林知此意，慣將詩句助風流。

《題阿毗曇觀音一偈書以奉備三官大人之高覽》

試看桑域有樓岑，五五圓通亙古今。自是松風傳梵唄，補陀岸畔海潮音。

【영인】

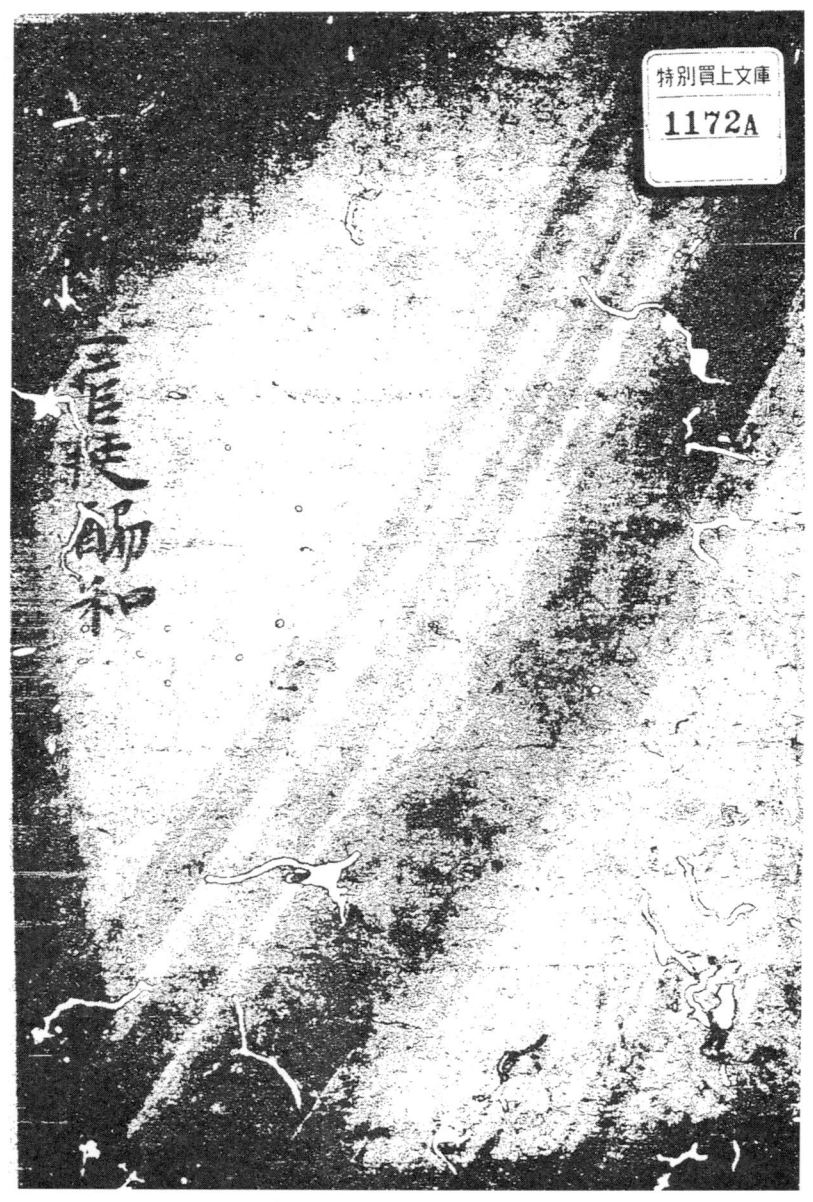

一絕奉呈　三官使　中達

先眼青　遠勞昏信況重溟

頭蓋霞驛已覺青　天上人間日月星　翠屏

九巖上人　都忘前路有層溟　況復萃萱會使星　秋潭

摩尼照水清曜彩

走次　九巖老師韻　白雲千里隔滄溟　箕斗南躔會客星　壺谷

海上重螢點々青

只應今夜冊霄上

奉次　九巖長老韻　孤舟六月渡滄溟　郤愧文星傍客星　壺谷

鳴上峯巒未了青

得前欲報瓊琚贈

又次　九巖韻要和

仙山簇々照中青　客路蒼茫万里溟
何幸別區苗一日　却慚奎次會三星中達

再和

故国數峯縱送青
蠻人莫笑野詩拙

疊韻奉示　九巖求和教

鉢中奇彩照蓮青　何幸同浮万里溟
池夜孤舟滄海外　帰帆他日早超溟
　　　　　　　　亢巧相期牛渚星
　　　　　　　　與師空對斗牛星中達

再和　九巖求和教

賓延風景滿山青　回首遥望万里溟
裏老堪慚對清客　髮天葚雲又星々翠屏

奉贈　九巖道人邀和

大海前臨淵　群山後擁菁

伽梨對韻釈

直氣偏教襲
陽春真和曲　次韻

料知帰夢短
官使名傳遠
朝天題諫院
佳句尊山色

奎璧燦文星
高名烜耳聆
却咲醉皆醒
　　　　中達

俊才欺海青
亭午現詩星
瀆翁久側聆
必被暁鐘醒

叩裁鄙詩以呈
朝鮮三官使大人座
右伏乞郢斤
紹桷

三官未過海東边
盟礼可觀和且正
粲々衣冠列綺筵
吾済幸逢此良緣

欽次　　茂源東堂清韻
翠屏

厦屋渠々除海边

三星未处蔽華莚

團圓此一日真良會

對酌吾知是宿緣
　　秋潭

席上走次

茂源老師韻

長天碧海共無边

日月文星聚客莚
　　秋潭

與爾相逢真解近

始知佳會有前緣
　　壺谷

走次　茂源和尚韻

尼珠寶彩照賓莚

偶得仙家半月緣
　　秋潭

銀漢星槎渺海边

道人心鏡對賓莚

至此方知有宿緣
　　秋潭

行人万里詩無與

毎次　茂源長老韻求和

日光山下行應尽

万里孤槎碧海边

毎酬　秋潭官使大人
　　紹栢

于里奇逢風雅莚

惜哉日景易西边

有酒有詩無畫真
當時志却世塵緣　壺谷

更次茂源韻要和
不堪殘燭照華筵

回望家鄉落日邊
定是前生未了緣　紹栢

吾行踏盡三山路

再酬　壺谷官使大人

何料今陪此盛筵
深情應是舊因緣　翠屏

吾庐遠在洛山边

清絕和篇瓊琚報

奉贈　茂源上人

玕名慕意高
豪爽更知髦
還慚燕會叨
同賦喜遨遨　紹栢

栢性元孤直
清羸疑是鶴

不覺醇醪醉
真未仍促席

奉和　官史翠屏大人芳韻　紹栢

其月閑中會

槓前無惡容
深意俱重譯
從此東武路
　奉寄　　九巖長老求和
乙未季夏下浣秋潭

　董風涼氣高
　席上盡賢髦
　新詩更不叨
　佳境任嬉遨

達老閑名久
靈霞双蟬振
二祖祭風遠
担逢滄海上
　副使秋潭賦室倡
　止塞其責而以露醜馬

　飛筇自日南
　天地一伽藍
　三支姝道參
　青眼鏡開函
　見需拙和不覆黙
中達

名翼三千里
文章光逐李
　斂言鵬從南
　義譽玉七藍

禪窻詩克參
想像況吟函
　　　　　壺谷

分上愚而陋
山雲兼海月
奉贈　九巖長老

吾行迷苦海　彼岸旦淳揆
氣豁峯無礙　談清暑不驕
標期寧楚越　韻語帛顫廖
至筏騰迎乘　琳筵聽唄潮
壺谷大人賦賁萃見示漫奉和其高
要和
韻

無奈世波險　我呈鄧清撓
樓擬着蜃現　海岸有黿鼉
憶昔呂望尚　辛居召伯廖
蘭筝依隴谘　松吹不遇潮
　　　　　　　中達

奉寄　茂源長老求和　　秋潭

漢櫪初繋縻
瘦若超塵鶴
曇花明唄葉
自有庭前栢

七月二十五日奉塵

逢着茂源僧
清如出水氷
宝筏引金繩
何須向大衆　　紹栢

秋潭大人新

千里寛遊客
淡交猶若水
粲々佩觴玉
秋潭先得月

詩韻

奉贈　茂源長老要和　　壹谷

好詩慰老僧
清風出於水
言々有矩繩
竒夜臭須采　　紹栢

慧日明沙界
禅技続蕋房

諳無蔬筍氣
衣有靈雲光
指點靈山路
浮沉苦海航
雨餘殘暑退
聊向木犀香

七月二十五日和壺谷大人玉詩
　　　　　東堂紹柏

古今賢哲士
武夏出文房
　　寄三官使
清韻生秋律
礼容增国光
遠齋千里簡
来生大洋航
非菊又非蕙
新詩字々香
　　　　中達
今宵清語宣成空
各自哦詩晴景濃
官使才名聳北斗
芃僧閑夏待西辰
不圖宿立亀山下
定是夢朝鮮国中

万里無雲一輪月　乾坤浮水々光同

旅懷

今月旅窓新雨
忘秋熱有未雁
更不誤碧梧落
蓬底昆耶丈室

和隱峯題慶雲寺韻

似蘋七午旱天
苦瘴霧些跎蕞
心得看青山連
宣客三万二千中連

蘭峯一宇絶塵氛
製電俊抗労干段
無邊利境朝鮮近
宝鏡高懸等奸醜
樓鐘緩度窮羗遠
月白風清現成底

衲子工夫精進勤
激潮梵唄入心聞
末流古川曹水分
莊旗五位列臣君
経巻讀残毫夕顯
慶雲庁々海東雲

七月二十八日於藍嶋狂哦二章

奉呈　三官使各位下副以青州

一壺　中達

寄語三官盡一杯　百來直掃客愁來

時々入枕朝鮮国　処々停軺野馬臺

吟親須隨佳境轉　遠帆真向迓風開

思量最是大人德　各自馨香七月梅

九巖高韵　翠屏

俯臨滄海小杯如　却伴慈航鏡裏來

万里嚻懷还故国　千秋遺恨訪荒臺

春光瀲艷葡萄漲　清韵鏗鏘室劉閞

多謝主人珍重意　浅斟聊慰渴思梅

九巖老師初詣來訪之次謝之秋覃

妙道藏竜着小杯　每逢鳴錫惠然未
同超苦海追仙迹　共泛慈航訪丂蓬
子美標期誰贊討　退之胸次頼靈開
圍碁曽向扶来去　爲詠當午極屋梅

走次　九巖長老　韵

多情綺語帶深杯　旅館欣逢韵釈未
異躅難尋徐福墓　奇遊更續霸家臺
鰲頭瑞旭三山出　鶴背祥颸万里開
珍重主人能醉客　王盤何必薦楊梅

謾賦　野詩寄石湖學士

曽聽雞林播美名　官遊迢逓數千程
島上相逢府是客　聊将詩句寄五情

奉次　卿呈茂源法案

石湖

海門秋色滿嚴程

奉々禪榻御盛名

一塲樽酒是深情

　　　　紹栢

燭照杞橘仍促席

用前韻酬学士

棃域今知学士名

交情宣復俗人情

　　　　石洲稿

儒門曾記有周程

吾輩疎才雖道異

老師賢生共齋名

尊酒論詩不世情

　　　　中達

再和東堂

層漢九万大鵬程

誰道語靈蔬筍氣

於豊州題隼人明神

炙莫夏風光易地然

元州秋水白鴉前

中達

記得神祠靈跡古

二松偃海二千年

八月十二日
於阿弥寺
中□

奉呈
三官大人座右

海上淹留久

何特帰去来

一朝辭北闕　　　　千里望東萊
遞莫潮通信　　　　胡為風作灾
人材騰茂処　　　　可謂是三槐
　席上酬步　　九嚴　翠屏
　　　　　　　　上人韻

此路幾特盡　　　　九嚴　秋色旅鴈未
蜡光懸碧落　　　　　　　鵜首近壷萊
陂涉千尋路　　　　　　　戲魘十日灾
平生形役地　　　　　　　知是夢南槐
　弥陀寺次

海客傳遞処　　九嚴　山人狀錫未
澄湖照呈月　　老師　仙東接蓬萊
一塔抹靈異　　韻秋　于秋砕地灾
浮生元是夢　　潭　　此役又南槐

彌陀寺次⋯⋯九巖老師韻 壹首

月到中秋好　人從北拯來
詩清逢惠道　境勝近瀛萊
慧窟偷閑靜　危途關障突
它年倘相憶　應似夢淳槐

再次前韵呈　三官大人

聖代三星現　中達　德暉照古來
官途除草棘　遺廟没蒿萊
設宴雖秉燭　祈靈欲避突
多年登茅瑞　喜色蒲黃槐

追步　九巖彌陀寺韵

自昔通和地　如今杖篛來
磬宮聲玉鏡　樵路指瀛萊

涉險亘存戒

只驚辟墜久

庭行不心灾

秋色蒲庭槐
翠辱

採藥秦童迹

仁天均雨露

償玉應酬價

休論旋獅日

弥陀寺次

九

承繪漢使来

燥土免污莱

籬嚴金怕作灾

恐大取冬槐

嚴老師韵　秋潭

山或是飛来

當年闢山莱

能使海無灾

全波映古槐
壺谷

塔疑澄觀造

殊俗欽貞烈

爭秋禱有驗

怳惚精靈在

白運精舍會
世却論儒釋
歡深俱四義
為問爾庭柏
　三五之夕壽

善隣月域与鷄林
千里同風儒釋道
　次九巖上人韻

樓中槎客惹詞林
韻釋詩新隨處和
　次九巖老師韻

水国秋風動橋林
囲翁陳迹波心月

詩遺遠師未
煙霞說大華
境絕避三災
何如吾市槐

偶遇中秋相共吟
三星統月古来今　翠屏
信使大人求和　中達

皓月清宵漫費吟
長程寫景匪斯今　秋潭
　乙未中秋之望

樓舩玉篆学詩吟
苗與清光照古今

我国團圝隱鄭先生曾於歲末奉使

徃来改乆乆次歲師韻示韻耋谷

愊尓才情逼道林　每逢玄度費長吟

開襟不必論同異　對月何須問古今

八月十二夜阿弥陀寺吊　　紹栢

弥陀寺畔晓晴鮮　奥在秋望三夜前

清意多般寸貯裏　月浮滄海乆浮天

每用前韻酬官使大人　　全

佳賓吟月乆偏鮮　忽忘羈愁一檻前

深意近時理無碍　莫言異域隔雲天

又

揆同日域与朝鮮　一笑盡歡詩酒前

從此江東千里路　追乆望殺白雲天

走次 戊源上人韵

雲捲秋空霽景鮮
交歡今夜團圓會
玉輪揚彩博前
残燭憧々詠海天
翠屏

追次
戊源弥陀寺韵
中秋正値月華鮮
清夜仍成蓮社會
更有魔尼照眼前
詩声應動月光天
今

又
別匝光景晩未鮮
栢掬探玄聞妙諦
弥陀寺次
遠客停挠古塔前
半空花雨下諸天
秋潭
全

戊源老師韵
海月初昇古詩前

秋空雨洗十分鮮
不識此間何境界
又
瀛洲山上蕅藍天
全

鷲嶺紅雲霽更鮮　祇園前釋對尊前

清宵物色難收拾　盡束江山別一天

弥陀寺次　茂源和尚韵三絶　壹谷

上方清夜月華鮮　尊酒留影乗燭前

風動橘林秋色老　諸金飛盡水如天

又

筷々仙山雨後鮮　酒筭談塵一燈前

開簾俯瞰澄々水　月在扶桑万里天

又

西江水沤自澄鮮　至筏初停彼岸前

明月一年今夜最　法雲開畫鏡中天

周防上関賦月呈　三官大人　紹栢

關門不鎖水無波　行客賞秋心轉多

謝賦鮑詩俱訖月

樓舩今夜與如何　全

停舡曲岸卜隄霧
半夜月明雲霧收
霽白盈衣疑有雪
圓光浮海似投球
洞庭景景聚防列畔
日域今知金浦秋
上下関門元不頤
嫦娥処々逐東流　翠屏

次茂源上人韻

玉樓横笛海不波
仙區物色入吟多
逢秋遠客偏添感
月白風清良夜何　全

高樓迢迢倚長空
軽舉翩然閬苑風
万里銀蟾同一色
擬追仙侶玉京中　全

帰舟脱泊上危樓　俯瞰滄溟勝躲収

桂影參差疑布練　玉簫清轉悅鳴球

仙曹絳節遊玄圃　蓬島晴烟接素秋

此夜元觀飛逸奧　同来釈子盡詩流

次茂源老師韻

露洗清秋玉宇空　鬢髻帶笙簫杳霄中　全

蓬萊羽客未相迓　長洲何夕起蘋風　秋潭

萬頃琉璃横素波　今宵明月一年多

仰宣樓上元竜氣　有酒其如不飲何　全

海外誰有如此樓　仙人餉我錦囊収

皇槎共把青丘幕　文彩休称赤水球

千尺曲闌先得月　五更孤客最驚秋

叢林綺語懸翻至　惟尒詞源倒峽流
　　壺谷

更次源師二絕

明月娟々談綠波　一年明月此宵多

停盃同月々無語　奈此蒲樓明月何
　　全

誰把銀橋駕碧空　夜闌笙鶴響涼風

獨憑天柱翫明月　多少世人陰雨中

次源師中秋書懷韻

蓬島微茫杏靄收

羽人環珮響瓊球

去国偏傷万里秋

一声長遂倚高摟

羲女諴機鳴玉杼

開簾最愛三更月

惟有道林知此意　慣將詩句助風流

髣阿昆曇觀音一偈 書以奉備　三

官大人之高覽

試看來域有掃岑　五々圓通亘古今

自是松風傳梵唄　補陀芳畔海潮音

17세기 통신사 필담창화집의 출현과 초기 형태

구지현

1. 머리말

조선후기 통신사행을 통해 이루어졌던 조선과 일본의 필담창화는 간본, 사본을 막론하고 상당한 양이 남아있다. 이런 필담창화집이 12 차 사행에 고루 분포되어 있는 것은 아니다. 1682년 7차 임술 사행 때 눈에 띄는 양적 변화가 보이고, 이후 점차 증가 추세에 있다가 쓰시마 에서의 易地聘禮가 이루어진 12차 때 확연히 줄어든다. 7차 사행에서 부터 시문창화가 갑자기 늘어나기 시작한 것을 18세기 일본인들도 느 끼고 있었다. 통신사가 올 때마다 반드시 필담창화가 있었는데 天 和·正德 즈음부터 이 일이 번성해 서책류가 백수십 권에 이르렀다고 기록하고 있다.[1] 조선 정부는 日光山致祭가 폐지되었는데도 독축관 대신 제술관을 파견하였고, 1711년에는 서기의 숫자를 늘려 사행단을

---

* 1636년 제4차 통신사 때에 편집된 『조선필담집(朝鮮筆談集)』과 1655년 제6차 통신 사 때에 편집된 『조선삼관사수화(朝鮮三官使酬和)』의 이해를 돕기 위해 이 논문을 덧 붙인다.

1 林復齋 編, 『通航一覽』 3, 國書刊行會, 1912, 263쪽.

파견하였는데, 이는 현실적 필요성에 대응한 것이라 할 수 있다.

1차부터 3차까지의 일본 사행은 '回答兼刷還使'라는 명칭에서도 보이듯 포로의 송환이 주된 목적이었기 때문에, 활발한 문화교류가 이루어지기에는 상황적인 한계가 있었다. 하야시 라잔[林羅山, 1583~1657]의 문집에 산재되어 있는 편지와 시, 필담 등을 제외하면 특기할 만한 文籍이 보이지 않는다. 그밖에 한두 편의 시가 쓰인 유묵이 발견되는 경우가 꽤 있지만 필담창화를 통한 것은 아니다.

이런 현상은 본격적인 통신사가 파견되기 시작한 4차부터 5차, 6차까지 계속된다. 이 시기 필담창화를 정리한 이원식의 목록[2]을 살펴보면, 대부분이 하야시 라잔의 시집에 수록된 개별적인 증여시들임을 알 수 있다. 다카하시 마사히코의 목록[3]에는 『朝鮮通信總錄』에 수록된 「三先生筆談」, 「函先生筆談」 등이 더 보이는데, 이는 3대에 걸친 하야시 라잔 집안의 창수시와 필담을 묶어놓은 것으로 라잔의 문집에도 대체로 수록되어 있는 것들이다. 『朝鮮通信總錄』 자체가 통신사 관련 기록을 묶어놓은 것이기 때문에 7차 이후 출현하는 독자적인 필담창화집의 형태로 보기에는 어려운 점이 있다.

이 중 간본 형태의 필담창화집 2종을 찾을 수 있다. 모두 1636년 4차 사행 때 이루어진 필담창화인 『朝鮮人筆語』와 『朝鮮筆談集』이다. 특히 權伏[1599~1667]과의 필담을 기록한 『朝鮮筆談集』은 이사카와 조

---

2 李元植, 『朝鮮通信使の研究』, 思文閣出版, 2006, 648~665쪽.

3 高橋昌彦, 「朝鮮通信使唱和集目錄稿(一)」, 『福岡大學研究部論集』 A : 人文科學編 Vol.6 No8, 福岡大學研究推進部, 2007, 17~35쪽.

잔[石川丈山, 1583~1672]의 문집에 수록되어 있는데도, 독자적으로 간행
이 이루어졌다. 줄곧 외교문서를 관장해 왔던 하야시 라잔조차 문집
외에 간본이 남아있지 않음을 생각해 보면, 이들의 필담이 당시 일본
인들 사이에 얼마나 많이 읽혔는지 짐작할 수 있다.

좀 더 후대인 5차, 6차 사행에도 보이지 않는 필담창화집이 이 시기
출현한 이유는 무엇일까? 일본 문사 쪽에서 조건을 따져보면, 일단 조
선 문사와의 만남이 가능한 지위에 있어야 하고 필담과 창화를 나눌
만한 한문적 소양을 갖추어야 한다. 또 한편으로는 책이 엮어질 정도
로 필담창화의 내용과 양이 충실해야 할 것이다. 4차 사행에서는 일본
인과의 창화가 의무가 아니었던 점을 감안하면 이에 대응하는 조선
문사의 의지나 능력 역시 필수적이라 할 수 있다. 따라서 이 시기의
필담창화는 개인의 특수한 상황이나 능력에 기대었을 가능성이 크다.

본고에서는 1636년 4차 사행의 필담창화집을 대상으로 하여, 필담
창화에 참여한 조선과 일본의 문사들이 지녔던 특수성에 대해 고찰하
려고 한다. 하야시 라잔이 아닌 일본 문사가 어떻게 필담에 참여할 수
있었고 어떤 내용의 필담을 진행했는지 구체적으로 살펴서 초기 필담
창화의 배경을 재구할 것이다. 이를 통해 18세기 양국 간의 필담창화
가 번성하기 전 초기 형태를 추출해 낼 수 있을 것으로 사료된다.

2. 1636년 필담창화 자료 현황

1636년 필담창화 자료는 많이 남아있지 않으며 이를 바탕으로 한

연구 또한 많이 이루어지지 않았다. 하야시 라잔의 필담, 권칙과 이시카와 조잔 사이에 이루어진 필담 정도가 주목의 대상이 되었다.[4] 여기에서는 이전에 소개된 자료를 정리하고 필담에 등장하는 일본 문사의 계층에 대해 고찰해 보도록 하겠다.

통신사 사행 당시 필담과 수창시를 기록한 자료는 여러 차례 소개된 바가 있다. 그중 가장 최근의 연구는 이원식이 소개한 목록으로, 1636년의 필담창화집 목록에는 총 12종이 올라 있다.[5] 1종은 노마 세이켄[野間靜軒, 1608~1676]과 조선 문사의 필담이고, 3종은 權侙과 이시카와 조잔의 필담, 나머지는 모두 하야시 라잔과 조선 문사의 기록으로 『林羅山文集』과 『林羅山詩集』에 수록된 것들이다. 따라서 총 3종으로 정리할 수 있다.

다카하시 마사히코는 총 4종을 소개하였는데[6] 위와 마찬가지로 정리하면 와다 세이칸카[和田靜觀窩, 1607~?]와 조선 문사와의 필담, 권칙과 이시카와 조잔의 필담, 하야시 라잔과 조선 문사의 필담 기록으로 총 3종이 된다.

이상을 종합하면 1636년 필담창화집으로 성립된 것은 간본인 이시카와 조잔의 『朝鮮筆談集』,[7] 와다 세이칸카의 『朝鮮人筆語』, 필사본

---

4 이원식, 위의 책, 2006, 127~159쪽.

5 이원식의 연구에 소개된 1636년 필담창화집 목록은 ① 朝鮮人筆談, ② 与朝鮮國權學士菊軒筆談書, ③ 朝鮮筆語, ④ 丈山筆語, ⑤ 与朝鮮權侙筆語, ⑥ 与朝鮮文弘績筆語, ⑦ 寄朝鮮權菊軒, ⑧ 較朝鮮文進士, ⑨ 和朝鮮三使日光山中詩十六首, 和白麓二首, 和東溟八首, 和靑丘八首이다.(이원식, 위의 책 649쪽)

6 다카하시 마사히코가 소개한 1636년 필담창화집 목록은 『朝鮮人筆語』, 『朝鮮筆談集』, 『朝鮮國菊軒筆語』, 『朝鮮通信總錄』 중 「羅山春齋讀耕三先生筆談」이다.

인 노마 세이켄의『朝鮮人筆談』등 3종이다. 그 외에 필담창화집으로 성립된 것은 아니지만 하야시 라잔의 문집 소재 필담창화 기록 1종을 추가할 수 있다.

『朝鮮筆談集』은 도쿄도립중앙도서관 소장 2종 외에도 일본국립공문서관에 1종이 소장되어 있다. 이들은 1682년과 1711년이라는 간기만 다를 뿐 내용과 형태가 일치한다. 또한 같은 내용이 이시카와 조잔의 문집인『新編覆醬續集』16권에도 실려 있다.

『朝鮮人筆語』는 시마네대학 외에 일본국회도서관에도 같은 판본이 소장되어 있다. "寬永二拾年癸未八月吉日"이라는 간기를 통해 1643년 간행되었음을 알 수 있다.

『朝鮮人筆談』은 교토대학도서관에 소장되어 있는 필사본이다. 여기에 실려 있는 기록 중 의원 白士立(1595~?)과의 필담인「問朝鮮國醫師白判事士立信甫」, 권칙과의 필담인「問朝鮮國權進士伏子敬」이 노마 세이켄의『野間三竹詩文稿』[8]에 그대로 실려 있음을 확인할 수 있다. 두 필사본의 선후를 가릴 근거는 없으나,『朝鮮人筆談』쪽이 권칙과의 두 번째 필담 및 다른 조선 문사와의 창수시까지 실려 있어 내용이 훨씬 풍부하여 자료 가치가 더 크다고 할 수 있다.

하야시 라잔의 필담은『林羅山文集』60권「韓客筆語」의 제하에 1605년 惟政(1544~1610)과의 필담, 1636년 권칙, 文弘績(?~?)과의 필담,

---

7 이원식의 목록의 "朝鮮筆語", "丈山筆語" 2종과 다카하시의 목록의 "朝鮮筆談集", "朝鮮國菊軒筆語" 2종은 같은 판본으로 내외제 표기가 다를 뿐이다. 여기에서의 명칭은 외표제 "朝鮮筆談集"을 따른다.

8 일본국립국회도서관 소장. 필사본.

1643년 朴安期(1608~?)와의 필담이 차례로 실려 있다. 창수시는 『羅山林先生詩集』의 「外國贈答」 제하에 실려 있다. 하야시 라잔의 기록들은 『朝鮮通信總錄』, 『韓使贈答目錄』 등에도 보인다.[9]

이러한 기록 가운데 박안기와의 필담 원본이 보고된 바 있다. 두루마리 형태로 남아있는데, 제2지와 제3지는 하야시 라잔의 문집 저본의 일부로 추정된다.[10] 하야시 라잔의 필담 기록이 편찬의 목적에 따라 문집 외에도 여러 곳에 필사되어 남았다고 추정할 수 있다.

지금까지 보고된 외에 필담창화는 아니지만 서한의 기록을 하나 더 찾아볼 수 있다. 호리 교안[堀杏庵, 1585~1642]의 『杏陰集』에 「疑問五條與朝鮮權學士」[11]가 실려 있다. 조선에 관한 호리 교안의 5가지 질문 가운데 4가지에 대한 권칙의 대답을 실은 것이다. 뒤에 「疑問二條」가 더 있으나 권칙의 답은 없다.

1636년 필담창화 기록은 와다 세이칸카를 제외하고는[12] 어떤 형태로든 필담창화의 내용은 문집에 수록되어 있음을 알 수 있다. 하야시 라잔의 경우에 보이듯 필담이 쓰인 원본 종이를 저본으로 하여 각자의 문집에 수록하였던 것으로 추정된다. 그중에는 노마 세이켄의 경우처럼 일부분만 문집에 수록되기도 하고 호리 교안처럼 답을 받지

---

9 다카하시 마사히코, 앞의 논문, 2007, 17~35쪽.

10 後藤紀彦, 「韓客筆語」, 『東京大學史料編纂所報』 18, 東京大學史料編纂所, 1983, 3~4쪽.

11 日本 名古屋市 奉左文庫 소장, 21권 3책에 실려 있음.

12 와다 세이칸카의 문집 『靜觀窩文集』의 존재는 『近世漢學者著述目錄大成』을 통해 확인할 수 있으나 현전하는지 보고된 바는 없다.

못한 경우라도 작성한 질문을 문집에 모두 남겨 놓은 경우도 있었다고 볼 수 있다.

이러한 필담창화 기록은 필요에 따라 채록되어 다른 책에 실리게 된다. 하야시 라잔의 필담이 실린 『朝鮮通信總錄』[13]은 국서의 서식에서부터 통신사 행차에 사용되었던 조선의 무기와 악기의 그림에 이르기까지 통신사에 관련된 기록을 수집해 엮어놓은 것이다. 또 이시카와 조잔의 필담은 『通航一覽』 108권에 하야시 라잔의 필담과 더불어 1636년 필담으로 수록되어 있다. 이런 기록들이 모두 하야시 가에서 나온 점을 미루어보면, 공무상의 필요성에 따라 제작된 것임을 쉽게 짐작할 수 있다. 따라서 이런 경우는 필담창화집으로 구분하기보다는 저본에 따라 계열을 정리하는 과정을 거쳐 걸러내야 할 것이다.

3. 1636년 새로운 문사의 등장과 필담의 초기 형태

초기 통신사행을 통한 문사 교류의 중심에는 하야시 라잔이 있었으나, 사신 일행의 유묵이나 서한 등이 개별적으로 남아있을 뿐 체계적인 교류의 흔적이 보이지는 않는다. 그러나 1636년이 되면서 본격적인 필담집이 출현하는데 4차 사행의 특수한 상황이 필담창화를 촉발시켰다고 가정할 수 있다. 여기에서는 문사교류에 참여한 일본문사와 본격적인 필담의 시발에 대해 고찰하도록 하겠다.

---

13 일본 국립공문서관 소장.

1) 1636년 일본 경학파 문사들의 등장

일본에서 유학은 승려들이 교양의 일부분으로 공부하는 것이었다. 후지와라 세이카[藤原惺窩, 1561~1619]는 이러한 일본 유학을 불교에서 독립시켜 체계화시킨 학자이다. 에도시대 유학이 정치사상으로 활용되면서 유학자의 지식이 필요하게 되자 도쿠가와 이에야스는 그를 불러 경서를 강독하게 하였다. 또 그의 제자 하야시 라잔을 막부에 임용하여 경서 강독뿐 아니라 역사서 편찬, 외국 문서 작성 등 한문학 지식이 필요한 부분을 담당하게 하였다.

이후 막부뿐 아니라 각 번에서도 侍講이라는 이름으로 유관을 고용하는 것이 일반적이 되었다. 주로 하야시 라잔의 문하에서 경서를 배운 사람들이 여기에 진출하였고 미토[水戶] 번처럼 독자적인 학파를 구축하는 곳도 생겨났다. 이들에 대해 로널드 토비는 "유학이나 한학을 가업으로 하여 「학문」으로 벼슬을 구했던 사람들은 환속한 승려, 의사나 낭인 등 전문지식으로 인해 권력자에게 부림을 받는 신분적 주변에 위치하는 존재가 많았다"[14]고 지적하였다. 각 번에 속한 이들은 18세기 필담창화의 주역으로 등장하여, 통신사가 지나는 沿路에서 기다렸다가 접대를 하였다. 18세기에 이르면 시문창수가 이루어지지 않은 역참이 없을 정도가 된다.

그런데 현전하는 5종의 자료를 토대로 살펴보면 1636년 필담창화가 이루어졌던 지역은 에도와 교토 두 지역으로 압축된다. 에도에서 필담에 참여한 문사 하야시 라잔과 와다 세이칸카는 접대역을 맡았던

---

14 로널드 토비, 『「鎖國」という外交』, 小學館, 2008, 52쪽.

유관들이다. 교토에서 만난 문사인 이시카와 조잔은 벼슬에 물러나 은거한 상태였고 노마 세이켄은 의원이었다. 그 외 서한을 남긴 호리 교안은 오와리[尾張] 번의 유관이었다.

이들 중 통신사행을 제일 먼저 만난 사람은 노마 세이켄이다. 세이켄은 당시 막부 장군의 어전의인 노마 겐타쿠[野間玄琢, 1591~1645]의 아들로, 아버지가 죽은 후 뒤를 이어 어전의가 되었다. 노마는 의술을 배우는 외에 하야시 라잔과 마쓰나가 샤쿠고[松永尺五, 1592~1657]에게 경서를 배웠다. 1636년 당시 세이켄은 아직 어전의가 되기 전이었다. 젊은 나이였던 그는 교토에 체류하면서 이시카와 조잔 등과 교유하고 있었다.[15]

12월 권칙에게 글을 보냈던 호리 교안은 후지와라 세이카의 제자로, 하야시 라잔, 마쓰나가 샤쿠고, 나바 갓쇼[那波活所, 1595~1648]와 함께 四天王으로 일컬어졌던 인물이다. 1636년 당시 호리 교안은 오와리 번에서 벼슬을 하고 있었는데, 번주인 도쿠가와 요시나오[德川義直, 1601~1650]는 막부로부터 나고야에서뿐 아니라 日光山까지 통신사를 동행하도록 명령을 받았다. 호리 교안은 번주를 侍從하는 과정에서 통신사 일행과 접촉했을 것으로 추정된다.[16]

비슷한 시기 에도에서 통신사와 만났던 와다 세이칸카는 본래 교토에서 불학을 공부하였으나 후지와라 세이카의 고제인 스미노쿠라 소

---

15 伊藤善隆, 「野間三竹年譜稿」, 『湘北紀要』 29호, 湘北短期大學紀要委員會, 2008, 1~16쪽.

16 鵜飼尚代, 「堀杏庵と朝鮮通信使-解說と書簡の譯稿(1)-」, 『愛知女子短期大學紀要』 33號, 愛知女子短期大學, 2000, 31~46쪽.

안[角倉素庵, 1576~1632]을 따라 유학을 공부하였다. 언제 하야시 라잔의 문하에 입문했는지는 정확하지 않다.[17] 그러나 번주인 와키자카 야스모토[脇坂安元, 1584~1654]를 陪從하여 하야시 라잔과 한시 창화를 한 것으로 보아 출사하기 전후였던 것으로 추정된다.[18] 와키자카의 일기 『下館日記』 여러 곳에 세이칸카가 『사기(史記)』를 강독하거나 시를 짓는 기록이 보이는데,[19] 세이칸카는 이렇게 늘 와키자카를 가까이 따르며 경서를 강독하고 창화시를 주고받는 侍講의 위치에 있었다. 1636년 당시도 접대역을 맡은 와키자카를 보좌하여 日光山까지 수행했던 것으로 보인다.

돌아오는 길인 1월 18일 교토의 혼고쿠지[本國寺]에서 권칙과 필담을 나눈 이시카와 조잔은 벼슬 없이 은거하는 신분이었다. 그러나 본래 도쿠가와 이에야스의 신뢰를 받았던 무장 출신으로 1615년 도요토미 가를 멸망시켰던 오사카 전투에 참여하기도 하였다. 그가 본래 어떤 관직에 있었는지 묻는 권칙에게 "비록 東照大神君을 대대로 모신 옛 신하이지만 예전에 군령을 돌아보지 않고 홀로 영중을 빠져나와 사지에 들어가 앞장을 섰습니다. 그 후 막하로 돌아가지 않고 지금까지 이

---

17 하야시가 문인 명단인 『升堂記』(「「升堂記」翻刻ならびに索引」, 關山邦宏 外 編, 平成八年度文部省科學研究費補助金(基盤研究 (B)(2)) 課題番号08451066 近世における教育交流に關する基礎的研究 (關山邦宏研究代表者) 第一次報告書) 첫머리에 그의 이름을 발견할 수 있다.

18 矢崎浩之, 「和田宗允小論 －林門と神道」, 『東洋の思想と宗教』 22号, 早稻田大學東洋哲學會, 2005, 121~136쪽.

19 今井寅之助 편, 「下館日記」, 『八雲軒脇坂安元資料集』, 松蔭女子學院大學學術研究會, 1990.

처럼 지낼 뿐입니다."[20]라고 대답하였다. 조잔은 이 전투에서 전공을 세웠으나 군령을 어긴 일로 논공행상에서 제외되었고 이것이 그가 막부를 떠나는 계기가 되었다. 그러나 막부에 있을 때 하야시 라잔과 교분을 맺었고 그의 권유로 후지와라 세이카의 문하에 들어갔으며 또 라잔의 소개로 교토에 체류할 때 스미노쿠라 소안, 호리 교안 등과 교유하게 되었다.[21]

이와 같이 필담창화에 참여했던 일본문사들은 유관이나 의관으로 벼슬을 하거나 했던 경력이 있긴 하지만 교토라는 지역을 중심으로 후지와라 세이카의 京學派에 속해있었다. 이 5명의 문사들은 서로 시문창수를 하며 가깝게 교유하는 사이이기도 했다.

18세기와 비교하면 1636년 필담창화에 참여한 문사들의 계층은 단출하다. 당시 일본의 유학 혹은 한학의 담당층이 아직까지는 교토의 경학파로 국한되어 있었고 하야시 라잔을 중심으로 한 교유권내로 한정되어 있었다. 필담에 참여할 수 있는 사람도 극소수였다. 즉석에서 나눈 필담과 시가 필담창화집을 엮을 정도였던 와다 세이칸카와 이시카와 조잔의 경우는 특별한 것이었다고 할 수 있다.

2) 조선쪽 필담 대응자의 등장

필담창화가 없었던 이유를 단지 일본 한문학의 미숙으로만 치부하

---

20 "雖爲東照大神君, 累葉之舊臣, 昔不顧軍令, 獨挺於營中, 入死地先登. 自後不歸幕下, 至今若是而已, 大丈夫何衒首級之功哉! 況又於文才乎?"

21 小川武彦 石島勇 공저, 『石川丈山年譜』 本編, 靑裳堂書店, 1994, 157~161쪽.

기는 어렵다. 왜냐하면 1605년 2월 포의의 신분이었던 하야시 라잔이 유정과 필담을 나눈 기록이 있기 때문이다. 또 1차 사행에서는 기록이 남아있지 않지만 학문상의 필담이 이루어졌다고 하였다.[22] 에도 막부 초기 조선 사행과 문사를 교류하는 일은 하야시 라잔이 담당이었으므로, 혼자라고는 해도 필담창화를 나눌 능력이 없었던 것은 아니다.

그런데도 필담창화가 이루어지지 않은 것은 조선쪽이 대응하지 않은 것에도 원인이 있었다. 이시카와 조잔은 "지난번 통신사가 에도에 도착하자 羅浮氏가 글로 삼한의 풍속과 육경의 어려운 곳을 따져 물었더니 그들이 국법 때문에 감히 답할 수 없다고 하였다."[23]라고 기록하고 있다. 羅浮氏는 라잔을 가리킨다. 이렇듯 조선의 정보가 일본에 흘러들어갈 수 있는 필담창화에 대해 조선은 경계하는 태도를 견지하고 있었던 것이다.

12월 8일 라잔이 쓰시마 도주인 소 요시나리[宗義成, 1604~1657]를 통해 任絖(1579~1644)을 비롯한 사신 일행에게 보낸 서한이 문집에 실려 있지만 이 역시 답장을 받지 못하였다. 그런데 1636년 4차 사행에서 하야시 라잔은 金世濂(1593~1646)과 만나 이야기를 나눈 기록이 『海槎錄』 12월 13일 일기에 보인다.

이날 도춘(하야시 라잔)이 경사 가운데 이해하기 어려운 곳 60여 조목을 꺼내 물었는데 자획과 문사가 찬연해 볼만하여 마침내 답하

---

22 이원식, 앞의 책, 128~129쪽.

23 小川武彦 石島勇 공저, 『石川丈山年譜』附編, 「筆談跋」, 青裳堂書店, 1994, 812쪽. "曩之信使, 到東都時, 羅浮氏以書詰問三韓之風俗六經之難處, 彼以國法不敢答焉."

였다. 또 이기의 선후와 사단칠정의 나뉨을 논하여 서너 차례 대답이
오갔으나 변론이 그치지 않았다. …… 또 『養鷹方』을 가지고 물으니
바로 우리나라 성산 이조년의 저서였다. 내가 "나는 그대가 다른 것
을 물으리라 여겼는데 어찌 매와 개에 대해 묻는가?"라고 하였다. 도
춘이 사례하며 "바다 나라에서 나고 자라 군자의 말을 들을 수 없었
는데 오늘 안개를 헤치고 푸른 하늘을 본 듯합니다."라고 하였다. 그
리고 내 호, 나이, 관직, 등과한 날짜, 거주, 본관을 듣고 싶어 하여
권칙에게 답하게 하였다.[24]

 라잔의 서한은 8가지 조목으로 이루어진 질문이었는데, 위 일기에
보이는 퇴계의 사단칠정론, 『양응방』 등도 포함되어 있었다. 12월 8일
답을 받지 못하자 라잔은 13일 직접 방문해 질문했던 것이다. 이에 김
세렴이 대답을 해주었고 자신에 관한 질문이 나오자 이문학관 권칙에
게 미루었다. 이 정도라면 서한에 충분한 대답이 되었을 텐데도 라잔
의 문집에는 세 사신이 답을 하지 못했다고 기록되어 있을 뿐 김세렴
과의 대화는 보이지 않는다. 그러나 김세렴의 명에 따른 권칙과의 필
담은 보인다.
 김세렴과의 대화가 필담이 아니었기 때문에 문집에서 누락되었을
가능성이 크다. 사신이 움직일 때는 수역을 동반하였고 일본 쪽과의

---

24 민족문화추진회 편, 『국역 해행총재』 Ⅳ, 「金東溟 海槎錄」, (주)민문고, 1989, 14쪽.
 "是日道春至, 拈出經史中難解處六十餘條以問, 字畫文辭燦然可觀, 遂答之. 又論理
氣先後四端七情之分, 往復三四, 辨論不已. …… 又以養鷹方來問, 卽我國星山李兆年
所著. 余曰, "吾以子爲異之問, 曾鷹與犬之問耶?" 道春謝曰, "生長海國, 不得聞君子
之言, 今日若披霧覩靑天." 仍願聞余軒號年歲官職登科日月居住本貫, 令權佽答之."

교섭은 항상 쓰시마에서 중개하였다. 하야시 라잔조차 쓰시마의 중개를 통해 김세렴 일행과 만날 수 있었다. 사신 당사자들은 걸맞은 지위에 있는 인물이 아니면 함부로 서한을 보내지 않을 정도로 신중하였다. 현전하는 필담창화집 중 세 사신이 창수 전면에 등장하는 것은 1682년 정사 尹趾完(1635~1718)을 비롯한 사신일행과 당시 執政이었던 도쿠가와 미쓰쿠니[德川光圀] 사이에 오간 창수시권 뿐이다.

라잔의 시집에 보이는「和朝鮮三使日光山中詩」는 훗날 라잔이 혼자 화운한 것으로, 사신 일행과의 직접적인 창수시가 아니다. 이 시의 서문에는 세 사신을 대신해 권칙이 율시를 지었다는 기록이 보인다. 그리고 12월 26일 김세렴의 찬을 구한 것은 본인이 아닌 막부 장군의 명에 의한 것이었다. 이날 김세렴의 일기에 라잔이 감사의 뜻을 필담으로 써보였다고 한 구절이 기록되어 있는데, 이를 보더라도 라잔과 필담이 이 정도에서 그쳤음을 알 수 있다.

한문으로 의사소통이 가능했던 라잔의 문집에서조차 초기 통신사행에서의 필담이 발견이 되지 않는 이유는 조선쪽에서 필담창화를 담당한 직임이 없었기 때문이다. 1636년 권칙, 문홍적 등 사신 대신 문사를 담당하는 직임의 등장은 필담창화의 촉발로 이어졌다. 또 라잔이 이문학관 권칙, 서기 문홍적과 나눈 필담의 내용은 이전 서한 등을 통해 경서나 사서의 의문을 묻는 것과는 차원이 다른 것이었다.

아침에 요시나리와 두 승려가 들어가 알현했더니 관백이 사신의 관직 서열을 물었다. 겐쇼(玄召)가 다섯 번째 직명이라고 대답하자 도슌(道春)이 말하기를 "도주가 속이고 조선이 박대함이 이에 이르러 더욱 드러났습니다. 지금 이 통정, 통훈이 이전 사신의 관직 서열과 조금도 차이가 없습니다. 또 홍희남은 가선으로 종관이 되었으니 역시 괴이한 일입니다. 내가 가서 따져야겠습니다."라고 하였다. 라잔의 아우 에이키(永喜)와 우쿄(右京) 등이 살피는 곳에 가서 홍희남 등을 불렀다. 홍희남은 이미 요시나리와 밀통해서 그 사정을 알고 있었다. 즉시 나가보니 도슌 등의 말투가 대단하여 방약무인하였다. 홍희남이 힘써 말려서 그를 꺾었다.[25]

위 일기는 권칙과의 필담이 있기 며칠 전에 있었던 일이다. 국서 위작 사건의 폭로로 쓰시마는 위기에 몰려 있었고 하야시 라잔은 쓰시마를 반대하는 입장에 있었다. 조선이 보내온 통신사의 관급이 어느 정도인가에 대하여 라잔이 신경을 곤두세우고 있었던 사실을 알 수 있다. 일본에 보내는 사신의 등급은 곧 일본을 어느 정도로 대우하는지를 보여주는 것이기 때문이었다.

13일 권칙과 라잔의 필담 주제는 바로 이 조선의 官階에 관한 것이었다. 라잔은 김세렴의 신분에 대해 물은 것이 아니라 실은 사신이 조선에서 어느 정도 위치에 있는 인물인지 따지려 했던 것이다. 그러자 김세렴은 자세한 설명을 하도록 권칙에게 명하였다.

라잔이 가장 의문을 품은 점은 수역이 사신보다 품계가 높다는 것

---

25 민족문화추진회 편, 『국역 해행총재』 III, 「任參判丙子日本日記」, (주)민문고, 1989, 57쪽. "朝義成及兩僧入謁, 關白問使臣職秩, 玄召以五等職名對. 道春乃言曰, "島主之欺罔, 朝鮮之薄待, 到此益現矣. 今此通政通訓 與前使臣職秩, 少無異同, 且洪喜男, 以嘉善爲其從官, 亦怪事也. 吾當往詰焉." 與其弟永喜, 到右京等伺候之處, 招洪喜男等, 而喜男已因義成密通, 知其事情, 卽爲出見, 則道春等辭氣勃勃, 傍若無人, 喜男力辭而痛折之."

이었다. 사신은 3품의 통정대부, 통훈대부였으나 이들을 수행한 역관
은 종2품 가선대부였기 때문이다. 이에 대해 권칙은 '名實不同'이라는
말로 실제 관직과 부여받은 품계가 다른 조선의 관제에 설명하면서
끝내 "사람이 서로 사귀면서 믿지 못하면 오래 가기 어려운데 하물며
당당히 천하가 다 알고 있는 관제를 어찌 속이겠는가?"[26]라고까지 말
한다.

그런데 이 질문은 서기 문홍적과의 필담에까지 연결되었다.

　　물음 : 야나가와 시게오키(柳川調興)의 무리가 국서를 위조하였습
니다. 죄가 발각되어 유배되었고 그 무리들은 참형을 당했습니다. 귀
국에서는 알고 계십니까?

　　답 : 우리나라 변경은 서울에서 매우 멀지만 이 일에 대해 대략 들
었습니다.

　　물음 : 그렇다면 귀국 조정은 이미 이 일을 들어 알고 있습니까?

　　답 : 조정에서는 모릅니다.

　　물음 : 귀국의 관위인 대광보국의 위에 좌우 승상, 상국 등이 있습
니까? 대광보국은 相府의 집정입니까?

　　답 : 대광보국은 상부의 집정입니다.

　　물음 : 문충공 신숙주는 대광보국이 된 후에 예조참판을 겸했습니
다. 모르겠습니다만 고위관리도 참판을 겸합니까?

　　답 : 옛날 일을 실은 잘 모릅니다. 그가 죽은 후 대광에 증직된 것으
로 생각됩니다.[27]

---

26 京都史籍會 편, 『林羅山文集』 권60, 「雜著五」, ペリカン社, 1979, 718쪽. "凡人相交
　不信則難久, 況堂堂天下所共知官制, 何可相瞞乎?"

　라잔은 문홍적과의 필담에서 국서위작 사건을 직접적으로 언급하면서 申叔舟(1417~1475)의 품계에 대해 질문한다. 신숙주는 1442년 서장관으로 일본 무로마치 막부에 사신을 다녀왔다. 이때 쓴 『海東諸國記』는 조선뿐 아니라 일본에서도 널리 알려졌는데, 서문에 밝힌 신숙주의 품계는 정1품에 해당하는 대광보국숭록대부였다. 라잔은 이 품계가 집정에 해당하는지 묻는데, 일본 쪽에서 통신사 접대를 총괄하는 벼슬이 바로 집정이었기 때문이다. 조선쪽에서 무로마치 막부 때와 같은 지위의 통신사를 보내왔는지가 최대의 관심사였던 것이다. 조선에서는 일본 사신으로 3품을 파견하는 것이 정례였으므로 신숙주가 파견 당시에 정1품 품계를 띠고 있던 것은 아니다. 문홍적의 '증직되었다'는 대답은 라잔에게 어느 정도 의심을 해소시켜줄 대답이었다.

　하야시 라잔은 8일 서한을 사행 일행에게 보냈으나 답을 얻지 못했다. 13일 직접 대면을 통해 김세렴과 대화를 나눌 수 있었다. "자획과 문사가 찬연했기 때문에" 보여준 김세렴의 호의에 기댄 것이었다. 그러나 김세렴은 민감한 사안을 직접 세세히 따지기에는 문제가 있다고 여겼는지 이를 권칙에게 넘겼던 것이다.

　비슷한 시기 호리 교안의 서한 「疑問五條與朝鮮權學士」에는 "賜

27　京都史籍會 편, 『林羅山文集』 권60, 「雜著五」, ペリカン社, 1979, 711쪽. "問, "柳川調興之徒, 僞造國書 罪發覺配流, 而其徒屬當斬訖, 貴國能知之乎?" 答, "我國邊地, 距京太遠, 僕粗聞如此事爾." 問, "然則貴國朝廷 旣聞知此事歟?" 答, "朝廷不知之矣." 問, "貴國官位, 大匡輔國之上, 有左右丞相相國等乎? 大匡輔國, 卽是相府執政乎?" 答, "大匡輔國, 是相府執政也." 問, "申文忠叔舟, 爲大匡輔國而後, 兼禮曹參判, 不知高官亦兼帶參判乎?" 答, "往昔之事, 實所不知, 想其身死後贈職大匡也.""

爵", "龜卜", "國基", "喪", "祿位"라는 제목 하에 의문이 기재되어 있다. 조목별로 정리된 형태와 조선의 관작제도를 명나라와 비교한 내용 등은 하야시 라잔의 서한과 매우 유사하지만 서한의 대상자는 권칙이다. 호리 교안은 하야시 라잔과 동문수학했고 도쿠가와 집안에서 벼슬을 하고 있는 유관이었다. 라잔의 서한과 필담이 이루어진 즈음하여 권칙에게 서한을 보냈다는 것은 교안이 자세한 답을 받을 수 있는 사람이 바로 권칙이라는 사실을 알게 되었음을 의미한다.

2차, 3차에는 보이지 않았던 吏文學官이라는 독립된 사행직의 출현[28]은 위에 보이듯 양국 문사 교류의 시발점이 되었다. 일본 쪽에서는 하야시 라잔을 축으로 한 일본 경학과 문사들이 등장하기 시작했으나 그들의 질문에 대답할 수 있는 적절한 직임이 사행단 내에는 없었다. 그런데 4차 사행의 이문학관과 서기가 등장하면서 필담창화는 본격적으로 시작되었다. 그리고 신분의 특성상 사신으로서는 대응할 수 없는 세세하고 자질구레한 일까지 필담창화의 주제로 삼을 수 있게 되었던 것이다.

4. 필담창화집 형성의 두 가지 양상

하야시 라잔과 권칙, 문홍적이 나눈 필담은 독립된 하나의 필담창

---

28 장순순, 「朝鮮後期 通信使行의 製述官에 대한 一考察」, 『전북사학』 13집, 1990, 33~76쪽.

화집으로 엮이지는 못했다. 1605년 유정과의 필담, 1643년 박안기와의 필담과 함께 "韓客筆語"라는 제명으로 묶여 「雜著」 부분에 편집되었으며, 같은 내용의 필담들이 조선 관계의 다른 문헌에서도 발견된다. 아마도 라잔의 기록 자체가 필담창화집이 되기에는 부족했던 것이 아닌가 짐작된다.

노마 세이켄의 『野間三竹詩文稿』에는 백사립, 권칙의 필담이 실려 있는데, 라잔이나 교안의 문집에 조선 사행원과의 필담과 서한이 엮여있는 현상과 마찬가지라고 할 수 있다. 그런데 같은 이의 필담창화집인 『朝鮮人筆談』은 이 필담 외에 「再會筆談」과 주고받은 편지들이 시간 순서대로 실려 있다. 그 뒤에는 역관 홍희남과 주고받은 편지가 실려 있고 아울러 세이켄과는 관련이 없는 권칙과 하야시 라잔 형제의 창수시까지 들어있다. 이 『朝鮮人筆談』에는 필사기가 없기 때문에 누가 언제 필사한 것인지 알 수 없지만, 이 책을 엮은 사람은 세이켄이 조선사절과 접촉한 모든 기록을 모아 놓으려 했던 듯하다. 즉, 조선인과의 필담창화집을 엮을 때는 필담, 창수시, 서한 등 관련된 모든 필적을 되도록 다 구비하려고 했던 것으로 보인다. 반면 가장 빈번하게 조선인과 접촉한 하야시 라잔의 필담창화집이 전하지 않는다. 1682년 『天和二年韓使唱和』[29]부터 1764년 『韓館唱和』[30]에 이르기까지 하야시 일가의 필담창화 기록은 빠지지 않고 등장하지만 유독 하야시 라잔의 필담창화집이 전하지 않는 것은 그의 기록 자체가 완벽히 구

---

29 일본 와세다대학 소장.
30 일본 國立公文書館 소장.

비되지 못해서였다고 추정할 수 있다.

이런 상황에서 1636년 와다 세이칸카의 『朝鮮人筆語』와 이시카와 조잔의 『朝鮮筆談集』이 간행으로 이어진 것을 어떻게 해석해야 할까? 세이칸카의 필담집은 1643년에 출간되었고 조잔 필담은 1682년, 1711년 2차례 이루어졌다. 이 2종의 필담창화집은 1636년 당시가 아니라 이후 통신사의 파견이 있었던 해에 상업적 출간이 이루어진 것이다. 한창 통신사에 대한 관심이 고조되었을 때 문집에서 떨어져 나와 필담창화집으로서 독립되었다는 것은 이들의 필담창화가 대중의 필요 혹은 욕구에 부응할 만한 특징이 있었음을 의미한다.

여기에서는 이 2종의 필담창화집을 검토함으로써 초기 필담창화집이 어떤 특성을 지니고 있는지 살펴보도록 하겠다.

1) 조선인과의 수작을 위한 교본 : 和田靜觀窩의 『朝鮮人筆語』

와다 세이칸카가 통신사 일행을 만나게 된 경위는 『조선인필어』 서문에 보인다.

간에이 13년 병자년(1636)에 조선국의 통신사 통정대부 임광, 김세렴, 황호 등 5백인이 표를 가지고 방물을 바치러 동무의 에도성을 내조하여 성 밖 본서사에 머물도록 명하였다. 우리 담로주의 태수 와키자카 공이 관반이 되어 내가 태수를 따라갔다가 학사 권칙, 진사 문홍적, 필사 전영을 만나 서로 필담을 하였고 시를 짓고 편지를 보낸 것이 며칠이었다. 옛날에 눈이 닿는 곳마다 도가 있다고 하였다. 하물며 그 필적을 통하고 마음을 논하였음에랴. 그러므로 기록하여 훗날 한

번 볼거리로 삼는다. 정축년 정월.³¹

임광의 12월 7일자 일기에 "신시에 본서사에 관소를 정했다. 우경진 안도 시게나가와 담로수 와키자카 등이 관소검사라 칭하면서 관소를 살피고 응접하는 일을 주관하였다. ······ 젊은 왜인 무리 역시 관소 아래를 살폈는데 이른바 급사의 무리였다."³²라고 되어 있다. 세이칸카는 와키자카를 따라 관소를 돌보는 일을 하는 급사의 한 사람이었다.

통신사 일행은 14일 에도성에서 국서를 전달하는 일을 마치고 18일부터 25일 사이에는 日光山 유람을 다녀왔다. 그리고 30일에 귀로에 올랐다. 세이칸카의 필담과 편지는 이 시기에 이루어진 것이다.

『조선인필어』의 장점은 조선인과의 기록이 전부 실려 있다는 것이다. 서문에 밝힌 대로 세이칸카는 이문학관 권칙, 서기 문홍적, 사자관 전영과 만났다. 하루 동안 단 한차례 오간 문홍적의 필담을 일일이 기록했을 뿐 아니라 와키자카를 대신해 전영에게 쓴 답장과 대작한 시 작품까지 실어 놓았다. 이 기록을 따라가면 조선인과의 대화 과정이

---

31 "寬永十三年丙子 朝鮮國信使通政大夫任絖金世濂黃호等五百人 持表貢方物 來朝于東武之江城 命館之城外本誓寺 我淡州太守脇坂公 爲之館伴 余偶從往太守 而遇學士權칙進士文弘績筆士全榮 互爲筆語 賦詩通書者數日矣 古云目擊道存 況通其手澤論其心情乎 故記以資侂日之一覽爾 丁丑正月"

32 민족문화추진회 편, 『국역 해행총재』 Ⅲ, 「任參判丙子日本日記」, (주)민문고, 1989, 57쪽. "申時下館於本誓寺 安藤右京進重長脇坂淡路守缺等 稱以館所檢使伺候館下 主管接應之事 皆侍從秩高之人 而右京則前行 亦管此任云 故使上通事 送言致問 則兩倭卽入謁 膝行而前 匍匐叩謝而退 年少倭輩亦伺候館下 所謂給仕之類也"

그대로 드러난다.

12월 9일 세이칸카는 권칙에게 편지를 보냈다. 그의 편지에는 "와키
자카 군을 모시고 한 번 족하의 풍채를 바라보니 생기가 무성하고 화
기가 일어났습니다. 깊은 겨울 추위 가운데에서도 먼저 봄을 얻은 것
이 어찌 족하의 어진 풍모와 덕의 빛이 그렇게 만든 것이 아니겠습니
까?"[33]라는 식의 상대에 대한 과장된 찬사와 함께 "孤陋寡聞"과 같은
겸양의 표현으로 점철되어 있다. 이 편지의 목적은 "족하께서 큰 솜씨
를 수고롭게 하여 '靜觀堂' 세 개의 큰 글자를 쓰고 그 뒤에 몇 줄 발
문을 써주셔서 저 초당 머리에 칠해두는 것이 제 평생 원하는 것입니
다."[34]라고 하여 권칙에게 자신의 당호를 써달라고 하는 것이었다. 그
러나 이에 대해 권칙은 답을 하지 않았다.

14일 세이칸카는 필담을 통해 편지를 받았는지 물으면서 다시 한
번 발문 써줄 것을 부탁한다. "지금 족하께서 관사로 번잡한 사이에
이 같은 수고를 끼치는 것의 불경함이 무엇보다 심하지 않겠습니까?
그렇더라도 이번 행차에 평소 소원을 이루지 못한다면 어느 날 또 이
와 같은 사람을 만나겠습니까? 족하께서는 용서하십시오."[35]라고 하면
서 권칙을 설득한다. 이때 권칙은 "마땅히 써서 드려야 하나 틈이 없

---

33 "侍脇坂君, 而一望足下之風彩, 則生意欣欣, 和氣揚揚, 深冬嚴寒之中, 而先得春者,
   豈非足下仁風德輝之令然耶?"
34 "庶幾足下勞大手, 書靜觀堂之三大字, 跋數行于其後, 而漆彼草堂之顏色, 則余生平
   之素願."
35 "今足下官事紛冗之間, 施如此之勞者, 不敬莫甚於焉. 雖然是行也, 若不�素願, 則何
   日又接若人哉! 足下其恕焉."

고 만 리 행역에 병까지 더하였습니다. 게다가 국명을 전하기 전이라 감히 사적인 일을 먼저 할 수 없습니다. 생각해 주십시오."[36]라고 하였다. 이는 완곡한 표현이지만 거절에 가까운 것이었다.

그런데 국서를 전달하는 의식이 끝난 15일 세이칸카는 편지에 종이까지 함께 보냈다. 편지는 전체적으로 정중하고 공손한 표현으로 일관하고 있지만 "공무에 틈이 있으면 빨리 완성하시겠습니까?"[37]라고 하여 실은 재촉하는 내용이었다. 이에 권칙은 돌아가기 전까지로 미루는 모호한 답장을 보냈다.

28일 돌아갈 날이 곧 닥친 것을 안 세이칸카는 필담을 통해 마지막 재촉을 하였고 권칙은 다음과 같은 발문을 써주었다.

> 천지에서 만물이 생겨나고 만물은 각자 살아가는 이치를 가지고 있다. 고요히 살피면 만물이 모두 내 안에 있으니 또 하필 편액을 건 후에야 그 고요히 관찰하는 뜻을 얻을 수 있으랴. 이를 써서 정관주인에게 준다.[38]

"靜觀"이라는 호와 달리 편액의 글자와 발문에 집착하는 세이칸카를 비판하는 내용이 그대로 글에 보인다. 권칙은 세이칸카의 사적인 부탁이 내키지 않았으나 몇 차례에 걸친 편지와 필담을 통해 결국 발

---

36 "唯當構呈之 不暇而萬里行役 加以疾病 且國命未傳 不敢先私故也 思之"
37 "若有公務之暇, 則速疾以成否?"
38 "天地生萬物, 而萬物各有生生之理, 靜而觀之, 則萬物皆在於我矣. 又何必揭扁然後, 方得其靜觀之義哉! 書此以贈靜觀主人."

문을 써서 주게 되었던 것이다.

　가장 많은 부분을 차지하는 부분은 전영과의 필담이다. 인사가 끝나자 세이칸카는 사자관 전영에게 김세렴의 기행시권을 베껴달라고 부탁하였다. 전영은 선선히 승낙하였다. 오가는 과정에서 와키자카 대신 병풍의 글씨를 받기도 하고 필요한 조선의 서책 목록을 얻기도 하였으며 답례로 일본의 서책을 선물하기도 한다. 문홍적과의 필담은 그의 글을 받은 와키자카 대신 감사의 말을 전하는 것이었다.

　『조선인필어』는 번의 한 유관이 한문이라는 도구를 통해 조선 문사들에게 접근해 번주를 위한 것이든 자신을 위한 것이든 문장과 글자를 받아내는 일련의 과정이 자세히 기록되어 있다. 하야시 라잔의 필담이나 호리 교안의 서한에는 보이지 않는 과장된 찬사와 지나친 겸양은 이 목적을 효과적으로 이루는 장치로 사용된다. 권칙은 끝내 거절을 할 수 없었고, 전영은 "보여주신 바가 이에 이르니 감히 좇지 않겠습니까?"라고 부탁을 받아들인다.

　『조선인필어』에는 하야시 라잔 등의 필담에는 빠져있는 조선 문사와 만나는 과정이 구비되어 있다. 조선인과는 어떻게 말을 나눌 것인가에 관한 지침인 것이다. 이것이 1643년 8월 5차 통신사행이 에도에 머물고 있는 시점에서 『조선인필어』가 출간된 까닭이다. 이후 보이는 대다수의 필담창화집들이 이 『조선인필어』의 유형을 따르고 있는 점을 보아도 『조선인필어』가 하나의 교본으로 활용되었음을 짐작할 수 있다.

2) 시문을 매개로 한 평가의 획득 : 石川丈山의 『朝鮮筆談集』

『朝鮮筆談集』에는 보이지 않지만 이시카와 조잔의 문집 『新編覆醬續集』에는 필담의 발문이 들어있다. 조잔은 이 발문을 1638년 5월 15일에 썼는데, 권칙을 만나고 나서 약 1년 6개월 후 필담을 정리하였던 것이다. 그 후 1682년 7월 상순 교토에서 출간이 되었으니, 임술년 통신사행이 교토에 들어오기 한 달 전이었다. 이후 1711년에도 재차 간행이 되었다.

조잔은 1635년 어머니가 죽자 벼슬을 그만두고 교토에 돌아와 은거하며 주로 경학파 문인들과 교유하였다. 1641년 59세 때 詩仙堂을 짓고 네 벽에 중국의 시인 36인의 초상을 그려서 걸어놓아 속인과의 사귐을 끊은 채 오직 문인들과의 청담을 일삼았으며 나갈 때는 동자에게 언월도를 짊어지고 따르게 했다고 한다. 시선당은 명말 陳繼儒(1558~1639)에 대한 동경에서 비롯되었던 에도시대 문인취미를 선구적으로 체현한 곳이었다.[39]

정사 임광의 추천으로 사행을 따르게 된 권칙은 시재가 뛰어난 인물이었다.[40] 목릉성세 최고의 시인으로 평가받는 權韠(1569~1612)의 조카인데, 명나라 사신 朱之蕃(1570~1628)이 권필의 집을 방문했다가 어린 권칙을 보고 재주에 탄복했다는 일화가 전한다. 또 李恒福(1556~1618)이 13세의 그가 지은 시에 감탄하여 사위를 삼았다는 얘기

---

39 伊等善隆, 「近世前期における陳継儒の影響−三竹・丈山・讀耕齋を中心に−」, 『近世文學研究の新展開』, ペリカン社, 2004, 332~345쪽.
40 신해진, 「서얼 권칙」, 『권칙과 한문소설』, 보고사, 2008 참조.

가 전한다. 사행 당시 38세였던 권칙은 '왕년에 渤海를 건너 청주와 제주를 돌았고 연경의 저자 가운데에서 마음껏 노래하였으며 鄒魯의 고을에서 배회하였다'[41]고 말할 정도로 상당한 중국 경험을 가지고 있었다. 중국 문인 취미에 빠져있던 당시 일본 문인들에게는 매력적인 상대였을 것이 분명하다.

> 정축년(1637) 정월 중순 경사에 돌아와 본국사에 묵었다. 나는 그 재주와 식견을 시험하기 위해 가서 뵙고 문안하였다. 그 무리 중 중직대부 시학교수 권학사라는 사람이 나와서 나와 臆對하였다. 예를 펴고 좌정해서 서로 붓과 종이에 의지해 생각이 통하자 학사는 기뻐하며 붓을 잡았다. 나는 듯한 붓끝, 흐르는 듯한 변론은 정첨의 예서와 지영의 초서, 물결 같은 구양수의 풍격과 조수 같은 소식의 풍격이라도 손색이 많지 않으니 세상에 드문 뛰어난 재주라 할만 했다. 지난번 통신사가 에도에 도착하자 나부씨가 글로 삼한의 풍속과 육경의 어려운 곳을 따져 물었더니 그들이 국법 때문에 감히 답할 수 없다고 하였다. 그래서 나는 이번 행차에 어려운 질문을 하지 않았다. 다만 만날 때의 풍개만 취해서 기록하여 글로 싸운 징험으로 삼을 뿐이다.[42]

---

41 "往年涉渤澥歷青齊, 放歌乎燕市之中, 翱翔乎鄒魯之鄉."
42 小川武彦 石島勇 공저, 『石川丈山年譜』附編, 「筆談跋」, 青裳堂書店, 1994, 812쪽. "臻翌歲丁丑正月中旬還京師, 館于本國寺. 余爲試其才識, 行而謁候焉. 其徒有中直大夫詩學教授權學士者, 出而與余臆對矣. 展禮座定, 互依毫素, 以通情思, 學士怡然操筆, 詞鋒如飛, 辯論如流, 丁眞永草歐瀾蘇潮, 不多讓矣. 可謂稀世之達才也. 羲之信使, 到東都時, 羅浮氏以書詰問三韓之風俗六經之難虛, 彼以國法不敢答焉, 故余此行也 不設難問, 啻記取會次之風槩, 以爲文戰之徵矣耳."

조잔의 발문을 통해 보듯, 처음에 권칙은 만남 자체를 그다지 달가워하지 않은 듯하다. 통역 없이는 말이 통하지 않는 상태였기 때문이다. '臆對', 즉 상대방의 마음을 헤아려 적당히 대할 수밖에 없는 상황이었던 것이다. 그러다가 조잔이 능숙한 필담으로 말을 건네자 권칙은 매우 기뻐하며 적극적으로 응대한다. 필담이 거의 종반에 이르러서야 조잔의 신분을 묻는 것을 보면, 애초 필담의 시작은 순전히 조잔의 글솜씨에 끌렸기 때문임을 알 수 있다. 노마 세이켄조차 권칙이 "종이에 획을 그어 말을 만들었으나 통하지 않아⋯⋯ 역관을 시켜 말을 하였더니"[43]라고 할 정도로 즉석에서의 필담이 원활히 이루어지지 않았던 데 비해 조잔은 뛰어난 실력을 가지고 있었던 것이다.

조잔의 필담 주제는 처음부터 "風槩", 즉 시의 풍격에 관한 것으로 한정되어 있었다. 인사가 끝나자 자신의 시집을 권칙에게 주면서 읽어보기를 청하였다. 발문에 "余爲試其才識"이라고 하여 조잔 쪽에서 조선의 문사를 평가하러 간 듯하다. 그러나 조잔은 미리 자신의 시집을 준비해 갔고 어느 정도 인사가 끝나자 "잠깐 보고 한 마디 해주시기 바랍니다.",[44] "제 시 중에 취할 만한 것이 있으면 정정해 주시기 바랍니다."[45]라고 하였다. 결국 시집의 발문을 받는 것이 주된 목적이었던 것이다. 이문학관의 직임을 띤 권칙에게 "詩學敎授"라는 칭호를 붙인 것을 보더라도 조잔이 기대한 것이 무엇이었는지 쉽게 짐작할

---

43 "寒暄茶禮之後, 畵紙作語不通, 而情已親矣. 於是乎明燈坐夜了然, 而相對撚髭, 而倩譯作話, 則眞各天之吾良朋也."
44 "匇歷電矚, 可發一粲."
45 "小詩之中, 至有可取者, 幸加郢正."

수 있다.

권칙은 조잔의 청에 "귀하의 시가 어찌 제 비루한 말을 기다린 후에 빛이 드러나겠습니까? 게다가 만 리의 행역에 생각이 막혀서 이 성대한 뜻을 감당하지 못할까 걱정입니다."[46]라고 하여 세이칸카의 경우와 마찬가지로 모호한 대답을 한다. 그러나 이후 필담의 양상이 달라지는 것은 권칙이 일본의 문단 상황에게 대해 물으면서이다. 이러한 태도는 다른 필담에서는 보이지 않는데, 권칙이 시집과 필담을 통해 어느 정도 조잔의 학문 능력에 대해 신뢰하게 된 것이 아닌가 싶다. 조잔은 일본 문단의 영수로 하야시 라잔과 호리 교안을 꼽으면서 다음과 같이 덧붙였다.

"근대의 체제라는 것은 모두 만당 이후의 시에 근본을 두고 있습니다. 위로 大漢에서 아래로 盛唐에 이르기까지 고율과 고풍을 좋아하고 읽는 자가 드물었습니다. 그러므로 기이하고 참신하며 심원하고 그윽한 취향을 깨닫는 자가 백 가운데 한둘도 없으니 시가 흥기하지 않은 것은 당연합니다. …… 사물에 감응하면 말에 드러납니다. 감응한 바에는 그릇됨과 바름이 있고 드러냄에는 옳음과 그름이 있습니다. 그릇됨과 바름, 옳음과 그름이 시 가운데 드러나면 폐와 간을 본 것 같으니 성정의 아름다움과 추함이 역시 어찌 덮어 숨길 수 있겠습니까? 두려워하고 부끄러워할 만합니다."[47]

---

46 "貴詩何待鄙言而後方可發輝耶? 況萬里行役, 意思茅塞, 恐不敢當此盛意也."
47 "近代體製者, 凡本晩唐已後詩, 上自大漢下至盛唐, 古律古風好之讀之者盖尠, 故曉奇新深遠之幽趣者, 百無一二。宜哉, 詩之不興! …… 詩感於物而形於言, 所感有邪正, 所形有是非, 邪正是非顯然乎詩中, 如見肺肝, 則情性之美惡, 亦何以獲覆藏哉!

조잔이 시에 대한 생각을 드러낸 부분이다. 앞서 권칙이 "대개 삼백
편 후 오직 당인이 시가의 풍모와 운율을 얻었습니다. 송, 원 이래로
시가 없다고 해도 될 것입니다."[48]라고 한 말에 완전히 공명하는 말이
었다. 이에 권칙은 조잔을 "日東之李杜"로 칭하면서 일본 시가의 "正
宗"이 되길 바란다고 하였다.[49]

> 제가 들으니 말을 아는 자만이 남의 좋고 나쁨을 잘 말할 수 있다
> 고 합니다. 제 얕은 견식과 못난 학문으로 훌륭한 시편을 볼 수 있
> 었던 것 역시 이미 많았습니다. 더욱이 곤산의 박옥이 어찌 옥장이
> 가 다듬기를 기다린 연후에야 만 길의 광채를 보이겠습니까? 그러
> 나 성대한 돌봄이 이에 이르니 역시 외롭게 할 수는 없겠지요. 오직
> 원컨대 존공께서 먼저 「白雪」을 선창하시면 「巴人」이 어찌 본받는
> 것이 없겠습니까?[50]

당시 당풍을 추종하던 조선 시단의 시풍을 은연중 드러낸 권칙의
말에 조잔은 적극적으로 찬성하였다. 서로에 대한 상찬이 오간 후 권

可懼可惡."

48 "大槪三百篇之後, 惟唐人得詩家之風韻, 而宋元以下, 雖謂之無詩可也."

49 "正意雖不得見, 而以書問答, 眞博雅之士也. 不佞願以尊公爲貴邦詩家之正宗, 以正
意爲文苑之老將, 其餘亦有唱和之作, 而詩不如尊公, 文不如正意也. 然文或謹讀者能
之, 詩非天生淸格, 不能爲也. 尊公可謂日東之李杜也. 古人以楊伯起爲關西夫子, 不
佞以尊公爲日東李杜者非妄也, 實知言也."

50 "竊聞之惟知言者, 能言人之善不善, 不佞以淺見劣學, 得見淸編, 亦已多矣. 況崑山之
璞, 何待玉人之摩挲, 然後方見萬丈之光耶? 然盛春至此, 亦不可孤也. 惟願尊公先唱
白雪, 則巴人豈無效之者耶."

칙은 처음과 달리 위 인용문에 보이듯 스스로 서문을 쓰겠다고 했을 뿐 아니라, 조잔에게 시의 수창을 청하였던 것이다. 권칙은 서한에서 조잔의 시에 대해 "시율이 성당에 가깝고 운율이 대아를 잇는다."[51]라고 평하였다. 시권의 제문에는 "이 시대 시단의 장수로 오직 공만이 이름을 날리네."[52]라고 하여 이시카와 조잔을 일본 시단의 으뜸으로 꼽았다.

『조선필담집』은 이시카와 조잔이 권칙을 만나 유창한 필담을 나눈 끝에 자신의 시에 대한 평가를 얻어낸 과정을 보여준다. 조잔은 명함이나 서한을 보내지 않고 전적으로 자신의 실력에 기대 권칙과 대화를 이어나갔고 마침내 일본에서 최고의 시인이라는 평가를 획득하였다.

권칙이 "日東之李杜"로 극찬한 후, 조잔의 성가는 치솟았다. 세이켄에 따르면 "이로 인해 명성이 더욱 자자해져 원근을 울렸고 책상자를 짊어지고 배우러 오는 자가 시냇물이 깊은 바다를 따르는 것 같았다."[53]고 한다. 같은 시기 조선 문사와 필담을 나눈 노마 세이켄조차 인정할 정도로 조잔은 성공적으로 조선 문사에게 인정을 받았던 것이다.

일본인들의 시문창화에 관한 관심은 임술 사행부터 고조되기 시작하였는데, 조선문사의 평가는 일본 내에서 유효하게 통용되었다. 1711년 통신사를 접대했던 아라이 하쿠세키[新井白石, 1657~1725] 역시 1682년 당시에는 포의의 신분으로 자신의 시집을 들고 통신사 일행을 찾

---

51 "律逼盛唐, 韻賡大雅."
52 "今代騷壇將, 唯公獨擅名."
53 小川武彦 石島勇 공저, 『石川丈山年譜』附編, 「覆醬集敍」, 靑裳堂書店, 1994, 37쪽, "因是名聲益籍甚, 而鼓動遠邇, 負笈遊學者, 猶川流之宗溟渤也."

아가 서문을 받았다. 이 서문 때문에 하쿠세키는 당시 저명한 유학자인 기노시타 준안[木下順庵, 1621~1699]의 문하에 들어갈 수 있었으며[54] 이후 막부의 유력자로 성장할 수 있었다.

이시카와 조잔은 조선 문사의 호평을 받은 선구적인 인물이었다. 먼저 자신의 시집을 보여주고 서문을 얻는 방식은 이때 처음 등장하였다. 한시가 조선 문사에게 쉽게 다가갈 수 있는 도구로 사용되었다. 이 시기에는 오히려 권칙 쪽에서 먼저 한시를 요구하였기 때문이다. 『조선필담집』이 뒤늦게 1682년, 1711년에 간행된 것은 조선 문사와 유용한 소통방식을 원했던 대중의 관심을 반영한 것이라 볼 수 있다.

5. 맺음말

1차에서 6차에 이르기까지 유묵이나 시가 남아있기는 하지만 필담창화집의 공백기라고 할 수 있다. 1636년 정사 임광은 인조가 일본 문사에 대해 묻자 "문리가 이루어지지 않았고 시는 더욱 좋지 않았습니다."라고 말했다. 옆에 있던 김세렴은 "연로 및 에도에서 물으러 오는 자가 많았는데 모두 이기성정 등의 말로 물음을 삼았습니다. 오랑캐라고 소홀히 해서는 안 됩니다."라고 하였다.[55] 어쨌든 조선 사신의 눈

---

54 민덕기, 「新井白石 雨森芳洲의 對朝鮮外交와 관련한 텐노관」, 『사학연구』 48, 한국사학회, 1994, 127~157쪽.

55 민족문화추진회 편, 『국역 해행총재』 IV, 「金東溟 海槎錄」, (주)민문고, 1989, 212쪽. "又問, "彼國之人, 有能文者乎?"上使對曰, "不成文理, 詩則尤不好." 臣世濂對曰, "召長老璘西堂行文儘好, 國中惟道春之文爲最. 沿路及江戶, 多有來問者, 皆以理氣

에 아직 일본 한문학은 맹아기에 있었던 것이다.

그런데 1636년 돌연 독자적인 필담창화집이 등장하게 되었다. 조선과 일본 양쪽 모두 필담창화를 담당할 만한 인물이 등장했기 때문이었다. 하야시 라잔은 이미 오래전부터 필담창화를 시도해 왔으나 이에 대응할 적절한 직임이 통신사 사행단에 존재하지 않았다. 그런데 4차에 와서 이문학관, 서기가 등장하였고 이에 경학파 일본 문사들이 필담창화를 시도하였던 것이다.

통신사 초기 조선 문사와 필담창화를 시도했던 문사들이 있었으리라는 것은 사행록의 기록을 통해서도 볼 수 있다. 그러나 4차에서처럼 독자적인 필담창화집으로 성립된 경우가 없다. 이는 4차 사행 때 필담창화집이 단편적인 여타 기록들과는 달리 하나의 독립된 읽을거리로서의 가치를 지니고 있었음을 의미한다. 이중 간본으로 남은 2종의 필담창화집이 그 특성을 잘 드러내준다.

1643년 출간된 와다 세이칸카의 『朝鮮人筆語』는 조선인 응대의 전형을 보여주는 필담집이다. 당시 일본인들이 조선인에게 원하던 글씨, 시문, 그림 등을 받아내는 과정에서 나눈 대화가 그대로 실려 있다. 접대하는 번주를 시종했던 유신이기 때문에 번주의 심부름을 위해 서기와 사자관을 찾아다니며 글씨와 시문을 부탁했을 뿐 아니라, 자신을 위해 권칙에게 문장을 받아내기도 하였다. 필담과 서한에는 상대에 대한 과장된 칭찬과 자신에 대한 지나친 겸양이 교차되어 나타난다. 그리고 결국은 원하던 것을 얻어내게 된다. 이런 일련의 과정을

性情等語爲問, 不可以蠻人而忽之."

보여주는 『조선인필어』는 조선인과 어떻게 글로 대화를 나눌 것인가에 대한 훌륭한 교본이라고 할 것이다.

이시카와 조잔의 『朝鮮筆談集』도 시집의 제문을 받는 과정이 기재되어 있다는 점에서 『조선인필어』와 성격이 같지만 시문을 매개로 했다는 점에서 전혀 다른 기대효과를 불러 일으켰다. 일본 최고의 시인인 이시카와 조잔과 시적 심미안을 갖춘 조선 문사 권칙의 필담은 시문이라는 매개가 존재했기 때문에 가능하였다. 한시가 양국 문사 사이에 소통의 도구로 등장한 최초의 모습이자, 조선 문사의 평가를 얻어내는 유효한 방식임을 보여주는 모범답안이었던 것이다. 1682년, 1711년 2차례에 걸쳐 이루어진 간행은 당시 시문창화의 욕구에 이 『조선필담집』이 부응했던 것이다.

이상 살펴본 바와 같이 1636년 통신사행은 양국 문사의 필담창화가 촉발된 시기이자 독자적인 필담창화집이 처음 성립된 시기이다. 이후 간본으로 나온 2종의 필담창화집은 18세기 쏟아져 나온 필담창화집의 원형에 해당하며, 일본인이 조선인에게 기대했던 가장 원초적인 모습을 보여준다고 할 것이다.

조선후기 통신사 필담창화집
번역총서를 간행하면서

　20세기 초까지 한자(漢字)는 동아시아 사회의 공동문자였다. 국경의
벽이 높아서 사신 외에는 국제적인 교류가 불가능했지만, 문자를 통
한 교류는 활발했다. 중국에서 간행된 한문 전적이 이천년 동안 계속
한국과 일본을 비롯한 주변 나라에 전파되었으며, 사신의 수행원들은
상대방 나라의 말을 못해도 상대방 문인들에게 한시(漢詩)를 창화(唱
和)하여 감정을 전달하거나 필담(筆談)을 하며 의사를 소통했다.

　동아시아 삼국이 얽혀 싸웠던 임진왜란이 7년 만에 끝난 뒤, 조선에
군대를 파견하였던 중국과 일본은 각기 왕조와 정권이 바뀌었다. 중
국에는 이민족인 청나라가 건국되고 일본에는 도쿠가와 막부가 세워
졌다. 조선과 일본은 강화회담이 결실을 맺어 포로도 쇄환하고 장군
이 계승할 때마다 통신사를 파견하여 외교를 회복했지만, 청나라와
에도 막부는 끝내 외교를 회복하지 못하고 단절상태가 계속되었다.
일본은 조선을 통해서 대륙문화를 받아들일 수밖에 없었고, 그 방법
중 하나가 바로 통신사를 초청 때에 시인, 화가, 의원 등의 각 분야
전문가를 초청하는 것이었다.

오백 명 규모의 문화사절단 통신사

연암 박지원은 천재시인 이언진(李彦瑱, 1740~1766)이 11차 통신사 수행원으로 일본에 다녀온 지 2년 만에 세상을 뜨자, 이를 애석히 여겨 「우상전」을 지었다. 그 첫머리에 일본이 조선에 다양한 전문가들로 구성된 문화사절단을 파견해 달라고 요청한 사연이 실려 있다.

> 일본의 관백(關白)이 새로 정권을 잡자, 그는 저축을 늘리고 건물을 수리했으며, 선박을 손질하고 속국의 여러 섬들을 깎아서 자기 소유로 만들었다. 그 밖에도 기재(奇才)·검객(劍客)·궤기(詭技)·음교(淫巧)·서화(書畵)·문학 같은 여러 분야의 인물들을 서울로 모아들여 훈련시키고 계획을 갖추었다. 그런 지 몇 달 뒤에야 우리나라에 사신을 파견해 달라고 요청하였는데, 마치 상국(上國)의 조명(詔命)을 기다리는 것처럼 공손하였다.
>
> 그러자 우리 조정에서는 문신 가운데 3품 이하를 골라 뽑아서 삼사(三使)를 갖추어 보냈다. 이들을 수행하는 사람들도 모두 말 잘하고 많이 아는 자들이었다. 천문·지리·산수·점술·의술·관상·무력으로부터 퉁소 잘 부는 사람, 술 잘 마시는 사람, 장기나 바둑 잘 두는 사람, 말을 잘 타거나 활을 잘 쏘는 사람에 이르기까지, 한 가지 기술로 나라 안에서 이름난 사람들은 모두 함께 따라가게 되었다. 그런데 이들 가운데서도 문장과 서화를 가장 중요하게 여기지 않을 수가 없었다. 왜냐하면 그들은 조선 사람의 작품 가운데 한 글자만 얻어도 양식을 싸지 않고 천리 길을 갈 수 있기 때문이었다.

도쿠가와 이에하루(德川家治)가 쇼군을 계승하자 일본 각 분야의 대표적인 인물들을 에도로 불러들여 조선 사절단 맞을 준비를 시킨 뒤,

"마치 상국의 조서를 기다리는 것처럼 공손하게" 조선에 통신사를 요청하였다. 중국과 공식적인 외교가 단절되었으므로, 대륙문화를 받아들이기 위해 조선을 상국같이 모신 것이다. 사무라이 국가 일본에는 과거제도가 없기 때문에 한문학을 직업삼아 평생 파고든 지식인들이 적어서, 일본인들은 조선 문인의 문장과 서화를 보물같이 여겼다.

조선에서도 국위를 선양하기 위해 여러 분야의 문화 전문가들을 선발하여 파견했는데, 『계림창화집(鷄林唱和集)』이 출판된 8차 통신사(1711년) 때에는 500명을 파견했다. 당시 쓰시마에서 에도까지 왕복하는 동안 일본인들이 숙소마다 찾아와 필담을 나누거나 한시를 주고받았는데, 필담집이나 창화집은 곧바로 출판되어 널리 읽혔다. 필담 창화에 참여한 일본 지식인은 대륙의 새로운 지식을 얻었을 뿐만 아니라, 일본 사회에서 전문가로서의 위상도 획득하였다.

8차 통신사 때에 출판된 필담 창화집은 현재 9종이 확인되었으며, 필담 창화에 참여한 일본 문인은 250여 명이나 된다. 이는 7차까지 출판된 필담 창화집을 모두 합한 것보다 훨씬 많은 수인데, 통신사 파견이 100년 가까이 되자 일본에서도 한문학 지식인 계층이 두터워졌음을 알 수 있다. 8차 통신사에 참여한 일행 가운데 2명은 기행문을 남겼는데, 부사 임수간(任守幹)이 기록한 『동사록(東槎錄)』이나 역관 김현문(金顯門)이 기록한 또 하나의 『동사록』이 조선에 돌아와 남에게 보여주기 위해 일방적으로 쓴 글이라면, 필담 창화집은 일본에서 조선과 일본의 지식인들이 마주앉아 함께 기록한 글이다. 그러기에 타인의 눈을 통해 자신의 모습을 객관적으로 볼 수 있다.

16권 16책의 방대한 분량으로 다양한 주제를 정리한 『계림창화집』

에도막부 초기의 일본 지식인은 주로 승려였기에, 당연히 승려들이 통신사를 접대하고, 필담에 참여하였다. 그 다음으로 유자(儒者)들이 있었는데, 로널드 토비는 이들을 조선의 유학자와 비교해 "일본의 유학자는 국가에 이용가치를 인정받은 일종의 전문 지식인에 지나지 않았다"고 규정하였다. 그 가운데 상당수는 의원이었으므로 흔히 유의(儒醫)라고 하는데, 한문으로 된 의서를 읽다보니 유학에도 관심을 가지게 된 것이다. 이노 작스이(稲生若水)가 물고기 한 마리를 가지고 제술관 이현과 서기 홍순연 일행을 찾아가서 필담을 나눈 기록이『계림창화집』권5에 실려 있다.

> 이 현 : 이 물고기는 우리나라의 송어입니다. 조령의 동남 지방에 많이 있어, 아주 귀하지는 않습니다.
> 홍순연 : 이 물고기는 우리나라의 농어와 매우 닮았습니다. 귀국에도 농어가 있는지 모르겠지만, 이것과 같지 않습니까? 농어가 아니라면 내가 아는 물고기가 아닙니다.
> 남성중 : 이 물고기는 우리나라 송어입니다. 연어와 성질이 같으나 몸집이 작으며, 우리나라 동해에서 납니다. 7-8월 사이에 바다에서 떼를 지어 강으로 올라가는데, 몸이 바위에 갈려 비늘이 다 떨어져 나가 죽기까지 하니 그 성질을 모르겠습니다.

그는 일본산 물고기의 습성을 자세히 설명하고 조선에도 있는지 물었지만, 조선 문인들은 이 방면의 전문가들이 아니어서 이름 정도나 추정했을 뿐이다. 홍순연은 농어라고 엉뚱하게 대답하기까지 하였다. 조선 문인이라면 모든 것을 알 수 있을 것이라고 기대했기에 생긴 결과인데, 아직 의학필담으로 분화되기 이전의 형태다. 이 필담 말미에 이노 작스이는 이런 기록을 덧붙여 마무리했다.

『동의보감』을 살펴보니 "송어는 성질이 태평하고 맛이 달며 독이 없다. 맛이 진기하고 살지다. 색은 붉으면서 선명하다. 소나무 마디 같아서 이름이 송어이다. 동북쪽 바다에서 난다"고 하였다. 지금 남성중의 대답에 『동의보감』의 설명을 참고하니, '鮇'은 송어와 같은 것이다. 그러나 '송어'라는 이름은 조선의 방언이지, 중화에서 부르는 이름이 아니다. 『팔민통지(八閩通志)』(줄임) 『해징현지(海澄縣志)』 등의 책에 모두 송어가 실려 있으나, 모습이 이것과 매우 다르다. 다른 종류인데, 이름이 같을 뿐이다.

기록에서 보듯, 이노 작스이는 다수의 의견에 따라 이 물고기를 '송어'라고 추정한 후, 비교적 자세한 남성중의 대답과 『동의보감』의 기록을 비교하여 '송어'로 결론 내렸다. 그런 뒤에 조선의 '송어'가 중국의 송어와 같은 것인지 확인하기 위해 중국의 여러 지방지를 조사한 후, '송어'는 정확한 명칭이 아니라 그저 조선의 방언인 것으로 결론지었다. 양의(良醫) 기두문(奇斗文)에게는 약초를 가지고 가서 필담을 시도하였다.

稻生若水 : 이 나뭇잎은 세 개의 뾰족한 끝이 있고 겨울에 시들지 않으며, 봄에 가느다란 꽃이 핍니다. 열매의 크기는 대두만하고, 모여서 둥글게 공처럼 되며, 생길 때는 파랗고, 익으면 자흑색이 됩니다. 나무

에 진액이 있어 엉기면 향이 나고, 색이 붉습니다. 이름은 선인장 나무
입니다. (줄임)

　　기두문 : 이것이 진짜 백부자(白附子)입니다.

제술관이나 서기들이 경험에 의존해 대답한 것과 달리, 기두문은
의원이었으므로 자신의 지식을 바탕으로 확실하게 대답하였다. 구지
현박사의 연구에 의하면 이노 작스이는 『서물류찬(庶物類纂)』이라는
박물지를 편찬하기 위해 방대한 자료를 수집·고증하고 있었는데, 문
화 선진국 조선의 문인에게 서문을 부탁하여, 제술관 이현이 써 주었
다. 1,054권이나 되는 일본 최대의 백과사전에 조선 문인이 서문을 써
주어 권위를 얻게 된 것이다.

출판사 주인이 상업적인 출판을 위해 직접 필담에 참여하다

초기의 필담 창화집은 일본의 시인, 유학자, 의원 등 전문 지식인이
번주(藩主)의 명령이나 자신의 정보욕, 명예욕에 따라 필담에 나선 결
과물이지만, 『계림창화집』 16권 16책은 출판사 주인이 직접 전국 각
지역에서 발생한 필담 창화 원고들을 수집하여 출판한 것이다. 따라
서 필담 창화 인원도 수십 명에 이르며, 많은 자본을 들여서 출판하였
다. 막부(幕府)의 어용 서적을 공급하던 게이분칸(奎文館) 주인 세오겐
베이(瀨尾源兵衛, 1691~1728)가 21세 청년의 몸으로 교토지역 필담에 참
여해 『계림창화집』 권6을 편집하고, 다른 지역의 필담 창화 원고까지
모두 수집해 16권 16책을 출판했을 뿐 아니라, 여기에 빠진 원고들까

지 수집해 『칠가창화집(七家唱和集)』 10권 10책을 출판하였다.

『칠가창화집』은 『계림창화속집』이라고도 불렸는데, 7차 사행 때의 최대 필담 창화집인 『화한창수집(和韓唱酬集)』 4권 7책의 갑절 규모에 해당한다. 규모가 이러하니 자본 또한 막대하게 소요되어, 고쇼모노도코로(御書物所)인 이즈모지 이즈미노죠(出雲寺 和泉掾) 쇼하쿠도(松栢堂)와 공동 투자하여 출판하였다. 게이분칸(奎文館)에서는 9차 사행 때에도 『상한창화훈지집(桑韓唱和塤箎集)』 11권 11책을 출판하여, 세오겐베이(瀨尾源兵衛)는 29세에 이미 대표적인 출판업자로 자리매김하게 되었다. 그러나 안타깝게도 38세에 세상을 떠나, 더 이상의 거질 필담 창화집은 간행되지 못했다.

필담창화집 178책을 수집하여 원문을 입력하고 번역한 결과물

나는 조선시대 한문학 연구가 조선 국경 안의 한문학만이 아니라 국경 너머 오가며 외국인들과 주고받은 한자 기록물까지 연구해야 한다는 생각으로, 첫 번째 박사논문을 지도하면서 '통신사 필담창화집'을 과제로 주었다. 구지현 선생은 1763년에 파견된 11차 통신사 구성원들이 기록한 사행록 9종과 필담창화집 30종을 수집하여 분석했는데, 박사학위를 받은 뒤에도 필담창화집을 계속 수집하여 2008년 한국학술진흥재단의 토대연구에 『조선후기 통신사 필담창수집의 수집, 번역 및 데이터베이스 구축』이라는 과제를 신청하였다. 이 과제를 진행하면서 우리 팀에서 수집한 필담창화집 178책의 목록과, 우리가 예상

한 작업진도 및 번역 분량은 다음과 같다.

1) 1차년도(2008. 7.~2009. 6.) : 1607년(1차 사행)에서 1711년(8차 사행)까지

연번	필담창화집 책 제목	면 수	1면 당 행수	1행 당 글자 수	예상되는 원문 글자 수
001	朝鮮筆談集	44	8	15	5,280
002	朝鮮三官使酬和	24	23	9	4,968
003	和韓唱酬集首	74	10	14	10,360
004	和韓唱酬集一	152	10	14	21,280
005	和韓唱酬集二	130	10	14	18,200
006	和韓唱酬集三	90	10	14	12,600
007	和韓唱酬集四	53	10	14	7,420
008	和韓唱酬集(결본)				
009	韓使手口錄	94	10	21	19,740
010	朝鮮人筆談幷贈答詩(國圖本)	24	10	19	4,560
011	朝鮮人筆談幷贈答詩(東京都立本)	78	10	18	14,040
012	任處士筆語	55	10	19	10,450
013	水戶公朝鮮人贈答集	65	9	20	11,700
014	西山遺事附朝鮮使書簡	48	9	16	6,912
015	木下順菴稿	59	7	10	4,130
016	鷄林唱和集1	96	9	18	15,552
017	鷄林唱和集2	102	9	18	16,524
018	鷄林唱和集3	128	9	18	20,736
019	鷄林唱和集4	122	9	18	19,764
020	鷄林唱和集5	110	9	18	17,820
021	鷄林唱和集6	115	9	18	18,630
022	鷄林唱和集7	104	9	18	16,848
023	鷄林唱和集8	129	9	18	20,898
024	觀樂筆談	49	9	16	7,056
025	廣陵問槎錄上	72	7	20	10,080
026	廣陵問槎錄下	64	7	19	8,512
027	問槎二種上	84	7	19	11,172

028	問槎二種中	50	7	19	6,650
029	問槎二種下	73	7	19	9,709
030	尾陽倡和錄	50	8	14	5,600
031	槎客通筒集	140	10	17	23,800
032	桑韓醫談	88	9	18	14,256
033	辛卯唱酬詩	26	7	11	2,002
034	辛卯韓客贈答	118	8	16	15,104
035	辛卯和韓唱酬	70	10	20	14,000
036	兩東唱和錄上	56	10	20	11,200
037	兩東唱和錄下	60	10	20	12,000
038	兩東唱和後錄	42	10	20	8,400
039	正德韓槎諭禮	16	10	18	2,880
040	朝鮮客館詩文稿(내용 중복)	0	0	0	0
041	坐間筆語附江關筆談	44	10	20	8,800
042	七家唱和集－班荊集	74	9	18	11,988
043	七家唱和集－正德和韓集	89	9	18	14,418
044	七家唱和集－支機閒談	74	9	18	11,988
045	七家唱和集－朝鮮客館詩文稿	48	9	18	7,776
046	七家唱和集－桑韓唱酬集	20	9	18	3,240
047	七家唱和集－桑韓唱和集	54	9	18	8,748
048	七家唱和集－客館縞綻集	83	9	18	13,446
049	韓客贈答別集	222	9	19	37,962
예상 총 글자수					589,839
1차년도 예상 번역 매수 (200자원고지)					약 8,900매

2) 2차년도(2009. 7.~2010. 6.) : 1719년(9차 사행)에서 1748년(10차 사행)까지

연번	필담창화집 책 제목	면수	1면 당 행수	1행 당 글자 수	예상되는 원문 글자 수
050	客館璀璨集	50	9	18	8,100
051	蓬島遺珠	54	9	18	8,748
052	三林韓客唱和集	140	9	19	23,940
053	桑韓星槎餘響	47	9	18	7,614

054	桑韓星槎答響	106	9	18	17,172
055	桑韓唱酬集1권	43	9	20	7,740
056	桑韓唱酬集2권	38	9	20	6,840
057	桑韓唱酬集3권	46	9	20	8,280
058	桑韓唱和塤篪集1권	42	10	20	8,400
059	桑韓唱和塤篪集2권	62	10	20	12,400
060	桑韓唱和塤篪集3권	49	10	20	9,800
061	桑韓唱和塤篪集4권	42	10	20	8,400
062	桑韓唱和塤篪集5권	52	10	20	10,400
063	桑韓唱和塤篪集6권	83	10	20	16,600
064	桑韓唱和塤篪集7권	66	10	20	13,200
065	桑韓唱和塤篪集8권	52	10	20	10,400
066	桑韓唱和塤篪集9권	63	10	20	12,600
067	桑韓唱和塤篪集10권	56	10	20	11,200
068	桑韓唱和塤篪集11권	35	10	20	7,000
069	信陽山人韓館倡和稿	40	9	19	6,840
070	兩關唱和集1권	44	9	20	7,920
071	兩關唱和集2권	56	9	20	10,080
072	朝鮮人對詩集1권	160	8	19	24,320
073	朝鮮人對詩集2권	186	8	19	28,272
074	韓客唱和/浪華唱和合章	86	6	12	6,192
075	和韓唱和	100	9	20	18,000
076	來庭集	77	10	20	15,400
077	對麗筆語	34	10	20	6,800
078	鳴海驛唱和	96	7	18	12,096
079	蓬左賓館集	14	10	18	2,520
080	蓬左賓館唱和	10	10	18	1,800
081	桑韓醫問答	84	9	17	12,852
082	桑韓鏘鏗錄1권	40	10	20	8,000
083	桑韓鏘鏗錄2권	43	10	20	8,600
084	桑韓鏘鏗錄3권	36	10	20	7,200
085	桑韓萍梗錄	30	8	17	4,080
086	善隣風雅1권	80	10	20	16,000
087	善隣風雅2권	74	10	20	14,800
088	善隣風雅後篇1권	80	9	20	14,400

089	善隣風雅後篇2권	74	9	20	13,320
090	星軺餘轟	42	9	16	6,048
091	兩東筆語1권	70	9	20	12,600
092	兩東筆語2권	51	9	20	9,180
093	兩東筆語3권	49	9	20	8,820
094	延享五年韓人唱和集1권	10	10	18	1,800
095	延享五年韓人唱和集2권	10	10	18	1,800
096	延享五年韓人唱和集3권	22	10	18	3,960
097	延享韓使唱和	46	8	14	5,152
098	牛窓錄	22	10	21	4,620
099	林家韓館贈答1권	38	10	20	7,600
100	林家韓館贈答2권	32	10	20	6,400
101	長門戊辰問槎상권	50	10	20	10,000
102	長門戊辰問槎중권	51	10	20	10,200
103	長門戊辰問槎하권	20	10	20	4,000
104	丁卯酬和集	50	20	30	30,000
105	朝鮮筆談(元丈)	127	10	18	22,860
106	朝鮮筆談1권(河村春恒)	44	12	20	10,560
107	朝鮮筆談1권(河村春恒)	49	12	20	11,760
108	韓客對話贈答	44	10	16	7,040
109	韓客筆譚	91	8	18	13,104
110	韓人唱和詩	16	14	21	4,704
111	韓人唱和詩集1권	14	7	18	1,764
112	韓人唱和詩集1권	12	7	18	1,512
113	和韓文會	86	9	20	15,480
114	和韓唱和錄1권	68	9	20	12,240
115	和韓唱和錄2권	52	9	20	9,360
116	和韓唱和附錄	80	9	20	14,400
117	和韓筆談薰風編1권	78	9	20	14,040
118	和韓筆談薰風編2권	52	9	20	9,360
119	鴻臚傾蓋集	28	9	20	5,040
예상 총 글자수					723,730
2차년도 예상 번역 매수 (200자원고지)					약 10,850매

3) 3차년도(2010. 7.~ 2011. 6.) : 1763년(11차 사행)에서 1811년(12차 사행)까지

연번	필담창화집 책 제목	면수	1면당 행수	1행당 글자수	예상되는 원문 글자수
120	歌芝照乘	26	10	20	5,200
121	甲申槎客萍水集	210	9	18	34,020
122	甲申接槎錄	56	9	14	7,056
123	甲申韓人唱和歸國1권	72	8	20	11,520
124	甲申韓人唱和歸國2권	47	8	20	7,520
125	客館唱和	58	10	18	10,440
126	鷄壇嚶鳴 간본 부분	62	10	20	12,400
127	鷄壇嚶鳴 필사부분	82	8	16	10,496
128	奇事風聞	12	10	18	2,160
129	南宮先生講餘獨覽	50	9	20	9,000
130	東渡筆談	80	10	20	16,000
131	東槎餘談	104	10	21	21,840
132	東游篇	102	10	20	20,400
133	問槎餘響1권	60	9	20	10,800
134	問槎餘響2권	46	9	20	8,280
135	問佩集	54	9	20	9,720
136	賓館唱和集	42	7	13	3,822
137	三世唱和	23	15	17	5,865
138	桑韓筆語	78	11	22	18,876
139	松菴筆語	50	11	24	13,200
140	殊服同調集	62	10	20	12,400
141	快快餘響	136	8	22	23,936
142	兩東鬪語乾	59	10	20	11,800
143	兩東鬪語坤	121	10	20	24,200
144	兩好餘話상권	62	9	22	12,276
145	兩好餘話하권	50	9	22	9,900
146	倭韓醫談(刊本)	96	9	16	13,824
147	倭韓醫談(寫本)	63	12	20	15,120
148	栗齋探勝草1권	48	9	17	7,344
149	栗齋探勝草2권	50	9	17	7,650
150	長門癸甲問槎1권	66	11	22	15,972

151	長門癸甲問槎2권	62	11	22	15,004
152	長門癸甲問槎3권	80	11	22	19,360
153	長門癸甲問槎4권	54	11	22	13,068
154	萍遇錄	68	12	17	13,872
155	品川一燈	41	10	20	8,200
156	表海英華	54	10	20	10,800
157	河梁雅契	38	10	20	7,600
158	和韓醫談	60	10	20	12,000
159	韓客人相筆話	80	10	20	16,000
160	韓館應酬錄	45	10	20	9,000
161	韓館唱和1권	92	8	14	10,304
162	韓館唱和2권	78	8	14	8,736
163	韓館唱和3권	67	8	14	7,504
164	韓館唱和續集1권	180	8	14	20,160
165	韓館唱和續集2권	182	8	14	20,384
166	韓館唱和續集3권	110	8	14	12,320
167	韓館唱和別集	56	8	14	6,272
168	鴻臚摭華	112	10	12	13,440
169	鷄林情盟	63	10	20	12,600
170	對禮餘藻	90	10	20	18,000
171	對禮餘藻(明遠館叢書 57)	123	10	20	24,600
172	對禮餘藻(明遠館叢書 58)	132	10	20	26,400
173	三劉先生詩文	58	10	20	11,600
174	辛未和韓唱酬錄	80	13	19	19,760
175	接鮮瘖語(寫本)1	102	10	20	20,400
176	接鮮瘖語(寫本)2	110	11	21	25,410
177	精里筆談	17	10	20	3,400
178	中興五侯詠	42	9	20	7,560
예상 총 글자수					786,791
3차년도 예상 번역 매수 (200자원고지)					약 11,800매

1차년도에는 하우봉(전북대) 교수와 유경미(일본 나가사키국립대학) 교수를 공동연구원으로 하여 고운기, 구지현, 김형태, 허은주, 김용흠 박

사가 전임연구원으로 번역에 참여하였다. 3년 동안 기태완, 이지양, 진영미, 김유경, 김정신, 강지희 박사가 연구원으로 교체되어, 결국 35,000매나 되는 번역원고를 마무리하였다.

일본식 한문이 중국식 한문과 달라서 특히 인명이나 지명 번역이 힘들었는데, 번역문에서는 독자들이 읽기 쉽도록 한국식 한자음으로 표기하고, 첫 번째 각주에서만 일본식 한자음을 표기하였다. 원문을 표점 입력하는 방법은 고전번역원에서 채택한 방법을 권장했지만, 번역자마다 한문을 교육받고 번역해온 과정이 다르기 때문에 재량을 인정하였다. 원본 상태를 확인하려는 연구자를 위해 영인본을 뒤에 편집하였는데, 모두 국내외 소장처의 사용 승인을 받았다.

원문과 번역문을 합하여 200자원고지 5만 매 분량의『조선후기 통신사 필담창화집 번역총서』를 12,000면의 이미지와 함께 편집하고 4차에 나누어 10책씩 출판하는 과정이 복잡하고 힘들었기에, 연세대학교 정갑영 총장에게 편집비 지원을 신청하였다. 『조선후기 통신사 필담창수집 번역본 30권 편집』정책연구비(2012-1-0332)를 지원해주신 정갑영 총장에게 감사드린다.

『조선후기 통신사 필담창화집 번역총서』를 편집하는 과정에 문화재청으로부터『통신사기록 조사 및 번역, 데이터베이스 구축』연구용역을 발주받게 되어, 필담창화집을 비롯한 통신사 관련 기록을 세계기록유산으로 등재하는 작업에 참여하게 된 것도 기쁜 일이다. 통신사 관련 기록들이 모두 데이터베이스로 구축되어 국내외 학자들이 한일문화교류, 나아가서는 동아시아문화교류 연구에 손쉽게 참여하게 된다면『통신사 필담창화집 번역총서』의 사명을 다하는 것이라고 생각한다.

　조선후기 통신사가 동아시아 문화교류 연구에 중요한 이유는 임진왜란 이후에 중국(청나라)과 일본의 단절된 외교를 통신사가 간접적으로 이어주었기 때문이다. 통신사 필담창화집 번역총서 60권 출판이 마무리되면 조선후기에 한국(조선)과 중국(청나라) 지식인들이 주고받은 척독집 40여 권도 데이터베이스로 구축하여, 일본에서 조선을 거쳐 청나라로 이어지는 '동아시아 문화교류의 길' 데이터베이스를 국내외 학자들에게 제공하고자 한다.

▌구지현(具智賢)

1970년 천안 눈돌 출생.

연세대학교 국문과를 졸업한 후 동대학원에서 석박사를 취득하였고, 한국고전번역원에서 한문을 공부하였으며, 일본 게이오대학 방문연구원(일한문화교류기금 펠로우십)을 거쳤다.

현재 연세대학교 국학연구원 학술연구교수.

주요논저로는 『1763년 계미통신사 사행문학연구』(보고사), 『통신사 필담창화집의 세계』 등이 있다.

조선후기 통신사 필담창화집 번역총서 1

朝鮮筆談集 · 朝鮮三官使酬和

2013년 7월 26일 초판 1쇄 펴냄

역 자 구지현
발행인 김흥국
발행처 도서출판 보고사

등록 1990년 12월 13일 제6-0429호
주소 서울특별시 성북구 보문동7가 11번지 2층
전화 922-5120~1(편집), 922-2246(영업)
팩스 922-6990
메일 kanapub3@naver.com
http://www.bogosabooks.co.kr

ISBN 979-11-5516-056-5 94810
      979-11-5516-055-8 (세트)
ⓒ 구지현, 2013

정가 15,000원

이 도서의 국립중앙도서관 출판시도서목록(CIP)은 서지정보유통지원시스템 홈페이지(http://seoji.nl.go.kr)와 국가자료공동목록시스템(http://www.nl.go.kr/kolisnet)에서 이용하실 수 있습니다. (CIP제어번호: CIP2013012706)